YOKOHAMA 119
要救助者1623名

佐藤青南

宝島社
文庫

宝島社

[目次]

YOKOHAMA 119

要救助者1623名

YOKOHAMA 119 要救助者1623名

プロローグ

「これだよ、これ、この曲。娘が大好きでさ。家でこればっかり聴かされるもんだから、おれまで覚えちまったよ」

運転手はスピーカーに顎をしゃくった。うんざりといった口調だが、唇はしっかり歌詞に合わせて動いている。

「ああ、光GENJI」

高柳《たかやなぎ》暁《さとる》は後部座席で腰を浮かせ、シートの間から首を突き出した。インターチェンジの標識を確認しようとしたのだが、音楽に関心を示したと誤解されたらしい。話好きな運転手の舌が、さらに滑らかになる。

「カー君ってのが、一番人気あるんだろう？　うちのはアッ君ってのが好きらしいんだけど、おれにはどれがどれだかさっぱりわかんねえ。あんなひょろっとしたガキどもより、お兄さんみたいながっしりした男のほうが、頼りがいがあっていいと思うんだけどね」

生返事でやり過ごし、暁はそわそわと前方を窺《うかが》う。もとは誰とでもすぐに打ち解ける人懐こい性格だが、今はとても、呑気《のんき》な世間話に興じる気分ではなかった。

竹下《たけした》内閣が導入を目論《もくろ》む消費税や世間を騒がせるリクルート疑惑、国民的俳優・石《いし》原裕次郎《はらゆうじろう》の死去、先月閉幕したソウルオリンピック。運転手のとりとめのない話はすべて、学生時代の退屈な授業のように遠い響きだった。ラジオから流れる『パラダイス銀河』も、そこにときおり重なる音程の怪しい鼻歌も、鼓膜を素通りしていた。

タクシーは戸塚《とつか》で有料バイパスを降り、一般道へと入った。

曲が終わっても運転手のお喋《しゃべ》りは続く。

「芸能界なんて浮き沈みの激しい世界にいる男になんか、嫁にはやれねえよ。娘を嫁に出すなら、やっぱり公務員だ。安定してるしな。しかも消防士なんてかっこいいじゃねえか。自分の命張って人助けするんだからさ」

ようやく意味を伴って届いた言葉に、暁は視線を反応させた。

五十がらみの運転手は、ちらちらとこちらを気にする横顔の目尻に、深い皺《しわ》を刻んでいる。

「……どうして、わかるの」

二十六歳。横浜市消防局に入局して、すでに八年目だった。職場ではいまだに子供扱いされることも多いが、少しずつ後輩の指導を任されてもいる。「警察官と消防士は雰囲気でわかる」というが、自らも権威と規律の混ざり合った、硬い体臭を発し始めているのだろうか。だとしたら複雑な心境だ。いっぱしの消防士と認められるのは嬉《うれ》しいが、できることならいつまでも、相手を身構えさせることのない身近な存在でありつづけたい。

　しかし暁の葛藤は、杞憂《きゆう》に過ぎなかった。

「おいおい、勘弁してくれよな。おれはたしかにおつむの出来がいいとはいえないかもしんないけど、そこまで馬鹿じゃねえぜ。消防署の前で、そんな格好でタクシー拾ってりゃ、誰だってわかるだろ」

　暁は視線を落とし、全身を包む紺色の布地をつまんだ。胸もとに『横浜消防』の刺繍《しゅう》が入った活動服。すすで真っ黒に汚れた顔。たしかにこの姿を見て、消防士と判断しないほうがおかしい。

　ただし運転手の指摘には、正確でない部分もあった。飛び出してくる消防士に、タクシーが悲鳴に似た急ブレーキを響かせたのは「消防署の前」ではなく、「消防出張所の前」だ。

　暁は横浜市消防局金沢《かなざわ》消防署の六浦《むつうら》消防出張所に勤務していた。

「まったく、落ち着きなって。お兄さんがじたばたしたって、どうなるもんでもないだろうに。そんなふわふわしてちゃ、男前が台なしだぁな。しゃきっとしなよ」

　声を上げて笑われ、眉尻が下がる。典型的な「ソース顔」と同僚からからかわれる太い眉がいつもより薄いのは、軽いバックドラフトの影響だった。難燃性素材の耐熱防火衣と面体《めんたい》と呼ばれるフルフェイスマスクで完全防備していても、炎を直《じか》に浴びてしまえば体毛が焼ける。

暁が妻の救急搬送を知ったのは二十四時間の当直勤務も終わりに近づいた未明、火災現場へ向かう直前のことだった。消防系内線電話に報《しら》せてくれたのは、保土ケ谷《ほどがや》区にある消防局司令課勤務の同期だ。

――高柳か。奥さんが救急搬送された！　破水したらしい！　すぐに分娩《ぶんべん》だ！

割れ気味の音声から伝わる焦りが、見事に伝染したらしい。普段と同じように消火活動にあたったつもりが、バックドラフトの兆候を見落とし、火炎をまともに浴びてしまった。ほんのわずかな油断が、現場《げんじょう》では命取りになる。生後間もないはずの我が子を危うく「遺族」にするところだった。

現着から完全鎮火報告までの三時間が何倍にも長く感じた。反対番へ申し送りを済ませるや、暁は着の身着のままで勤務先を飛び出したのだった。

妻が搬送されたのは近所にあるかかりつけの産婦人科医院ではなく、横浜市の西端に位置する泉《いずみ》区の総合病院だった。暁の暮らす東端の金沢区とは、磯子《いそご》区、港南《こうなん》区、戸塚区と三つもの区を挟んでいる。車で四十分の距離だ。八軒《や》もの病院に受け入れを拒否され、たらい回しにあったという情報のせいで、陽《ひ》に灼《や》けた健康的な顔色がいつもより白い。

「初めてなのかい」

人差し指でハンドルをとんとんと叩《たた》く音が、乗客の注意を引こうとする。

「えっ？」

「子供だよ子供。奥さん、初めてのお産なの」

「え、ええ……」

どうやらそういう話をしたらしい。ずっと上の空だったせいで、会話の内容をまったく覚えていなかった。

「そうか、それなら落ち着けっていっても無理な話かもな。男ってのはこういうとき、なんもできないもんだから」

保育園で保育士をしていた有里《ゆり》と結婚してから、五年が過ぎようとしていた。子供好きな二人にとって待望の第一子だ。妻の妊娠を知った瞬間から、どことなく浮《うわ》ついた心境は続いている。

しかし暁が落ち着けない理由は、ほかにもあった。

「心配なんだ、ちゃんと産まれてるか」

「そりゃそうだ、でも大丈夫だって。いきむのはお兄さんじゃないんだから」

「二か月先だったんだよね、予定日……」

それがかかりつけの産婦人科医院で対応できない理由だった。

助勤で救急隊に入ったときに、何度か陣痛の始まった妊婦を救急搬送した経験がある。少なくともそのときの記憶では、妊婦はもっと腹が膨らんでいた。

「なんだって？　そんな事情があるんなら早くいいなって！」

素っ頓狂な声とともに、車窓を流れる景色がぐんと速まった。背中をシートに押し付けられそうになりながら、なんとか持ちこたえる。速度メーターを覗《のぞ》くと、針は時速八〇キロを指していた。

「もし罰金払うようなことがあったら、おれからの祝儀だと思ってくれ」

ルームミラー越しに、運転手は唇の片端を吊《つ》り上げた。


タクシーが病院の玄関前に滑り込む。

支払いを済ませた暁は小走りに玄関の扉をくぐった。受付で病室の番号を訊《たず》ねて産婦人科の入院病棟へと急ぐ。逸《はや》る気持ちが歩を速め、ほどなく走り出していた。

階段を一段飛ばしに駆けのぼる。幼いころから運動が得意だった暁にとって、消防士は天職だった。元来優れていた身体能力に、毎日の厳しい訓練でさらに磨きがかかっている。腕立て伏せ百回、腹筋二百回、ジョギング一〇キロをこなしても、平然としたものだ。にもかかわらず、今は息が激しく乱れていた。

産婦人科病棟に差しかかったところで、暁は立ち止まった。肩で息を継ぎながら、緊張の壁に半歩押し戻される。

廊下の先には、妻の有里が立っていた。バッグを提げた点滴台を傍らに、白い入院着を頭からすっぽりと被《かぶ》っている。柔らかい視線が、右手をついたガラス窓の向こうに注がれていた。その頭上には『新生児室』のプレートが見える。

無事に、産まれたんだ。

疲労と充実感を滲《にじ》ませた表情から、暁は悟った。苛酷な火災現場での疲労を肉体が思い出し、どっと力が抜ける。しかし入れ替わりに別種の緊張がせり上がってきて、動悸《どうき》はさらに激しくなった。

活動服の胸ポケットを摑《つか》んだ。目を閉じて深く息を吸い、吐く。

新米消防士だったころ、燃え盛る家屋へ進入する際によくやった儀式だ。ポケットの中身は、有里が西新井大師《にしあらいだいし》でもらってきたお守りだった。厄除《よ》け祈願。こういう場合に効果があるのかは疑問だが、この際、どんな神様にでもすがっておきたい。

心の準備が整わないうちに、有里が振り向いた。微笑と視線が交差し、両肩がびくんと跳ね上がる。防災指導に訪れた保育園で初めて出会った七年前と、同じ反応だった。

見慣れた笑顔なのに、いつもと同じ、有里なのに――。

暁がそう感じた原因は、母性にあった。妻は母の顔になっていた。生命を産み落とした直後の女性が発する神々しさに、暁は圧倒されたのだった。

点滴台のキャスターが床を転がる音とスリッパの足音が、鼓動を速める。

せわしなく活動服のあちこちを触る仕草も、七年前とまったく同じだった。違うのは途中でそのことに気づき、余計にぎこちない動作になったという点だ。「本当にわかりやすいな、おまえは」と先輩隊員を呆《あき》れさせた癖は、しかし結果的に出張所を挙げての全面的なサポートに繋《つな》がった。電話しろ、デートに誘え、デートをするならあそこに行け、ちゃんとフォローの電話入れたか。いちいち背中を押してもらわなければ、結婚まで辿《たど》り着くことができたかは怪しいものだ。

「どうしたの、その顔」

有里は夫の汚れた顔を覗き込み、小さく噴き出した。目の下にうっすらと浮いた隈《くま》に疲労が窺えるが、母の自覚が、瞳に凛《りん》とした生命力を漲《みなぎ》らせている。

暁は母になった妻を見下ろし、何度も唾を飲み込んだ。それしかできなかった。自分より三〇センチも背の低い小柄な有里が、とてつもなく偉大な存在に思え、どんな言葉も軽くなるような気がした。

「どうしたの、ぼーっとしちゃって」

「いや……あの、急いで来たから」

どぎまぎしながら後頭部をかいた。視線が不自然に波打つ。

「ごめん……」

まず口をついたのは、謝罪だった。午前五時の救急搬送。普通の仕事をする夫なら、間違いなく付き添うことができた。誰かを救うためには自分の妻でさえ後回しだ。仕事だからと割り切ることのできない自分は、まだ消防士として半人前なのだろう。

「なに謝ってるの、お仕事でしょう」

こともなげな微笑が返ってきた。結婚してからの五年間で、有里のほうはすっかり消防士の妻としての心構えを身につけている。

「そんなことより」

ごつごつと節くれ立った手に、白く柔らかい手が重なった。

「こっちよ」

手を引かれ、つんのめりそうになる。すくんでしまう足が情けない。

「早く顔を見てあげて」

妻は遊園地のアトラクションに誘うような笑顔だった。

二人は新生児室の前に立った。ガラスの向こうには、保育器が整然と並んでいる。それぞれの保育器には乳児の誕生日と、母親の名前の書かれたカードが差し込まれていた。

「どの子だ……」

つい先ほどまで騒然とする火災現場で声を張り上げていたとは思えない、蚊の鳴くような小声だった。妻に肩を寄せながら、暁はおどおどと視線を彷徨《さまよ》わせる。

落ち着け、落ち着け、父親らしく——心で念じるうちに、無意識に胸ポケットに手が伸びた。

「一番手前の、右から二番目」

有里の指先に促され、視線が目標を捉える。

その瞬間、血流が速まり、全身の産毛が逆立った。

そこには小さな赤ん坊が欠伸《あくび》をしていた。身体《からだ》じゅうに繋がれたチューブを嫌がるように、手足を動かしている。

「あれが……」

あれがおれの子か。こみ上げる感情に喉が塞がれ、言葉は途切れた。鼻の奥がつんとして、視界に湿った膜が張る。

「私が産むのが早すぎたせいで……ごめんね」

有里はガラスに顔を寄せ、唇を歪《ゆが》めた。

「なにをいって……」

いったん震えを呑《の》み込んでから、暁はいい直した。

「なにをいっているんだ、あんなにかわいい子を産んでくれたっていうのに。有里はよくやったよ。本当にありがとう」

感極まって最後には声が喉に詰まる。

「一五二六グラムだって」

その数字すらも慈しむような、母の口調だった。

「そうか……それって、小さいのか」

間の抜けた夫の質問に、妻がふふっと笑う。

「すごく小さいの」

保育園で保育士をしていたころの、幼児に接する口調に戻っていた。

「しばらくは保育器から出られないみたい……」

申し訳なさそうに我が子を見つめる肩を、暁はしっかりと抱いた。出産に立ち会うことは叶《かな》わなかったが、この瞬間に妻を励ますことならできる。

「せっかちな子だな、有里に似て」

つとめて明るい声を出した。

「あら、せっかちなのはあなたに似ているんじゃない」

笑顔を取り戻した有里が、指先で胸を突いてくる。

「そんなことないだろう。まあ、おれに似たら美人になるだろうけど」

「女の子なのよ。あなたに似て、こんなになっちゃったらかわいそう」

妻は鼻に皺を寄せ、肩を抱く手の甲を埋める剛毛をつまんだ。

「どんなふうに育っても、おれには天使だ」

「でもいつか素敵な人を連れて来たら、ちゃんと結婚を許してあげてね」

「今からそんなこと考えたくない。勘弁してくれ」

二人で笑い合い、肩を寄せ合って我が子を見つめた。ガラスを隔ててはいるが、すでに心は三人で寄り添っていた。「夫婦」は「家族」になった。外を吹く風はすでに身を切るような冷気を含み始めているが、暁の胸には、暖かい陽だまりが広がっていた。

「おめでとうございます」

通りかかった看護師の祝福に、軽く首をひねって応じる。しかし視線はすぐに、ガラスの向こうへと吸い寄せられた。すでに流れ始めた娘の人生を、一秒でも長く目に焼き付けておきたい。頭の中を成長の記憶で埋め尽くしたい。

「そういえば、名前のことだけど」

瞬きをきっかけに、暁は切り出した。

「そうね、どういうのがいいかな」

人差し指を唇にあてた有里が、虚空に視線を泳がせる。

「おれ、いいの思いついたんだ」

「なあに？」

「蘭《らん》……高柳蘭っていう名前は、どうだろう」

命名、高柳蘭――。

悪くない、いや、それしかない。無数にある候補の一つだった名前は、早産児で生まれた我が子と対面した瞬間に、最有力候補へと浮上していた。

「蘭って……キャンディーズの蘭ちゃん？　あなた、ファンだったの」

名前の由来が十年前に解散したアイドルグループのメンバーだと思ったらしく、有里は不思議そうな顔をした。

「違うよ。キャンディーズの蘭ちゃんと同じ名前だけど、由来はそうじゃない。ちゃんと意味があるんだ」

暁はもったいつけるように、鼻の下を指で擦《こす》る。

「ファイヤーウィード」

「ファイヤーウィード……って、なんなの」

「花の名前さ。山火事の焼け野原に真っ先に咲く花ってことで、そう名づけられたらしい」

「それが蘭っていう名前と、なんの関係が……」

「ファイヤーウィードの和名は、ヤナギランっていうんだ」

一瞬ぽかんと開いた有里の唇は、しかしすぐに両端を吊り上げた。

「高柳の柳と組み合わせて、ヤナギランというわけね」

「そうだよ、悪くないだろう。ヤナギランは焼け野原を薄桃色に染めて、火災で大切なものを奪われた人たちに安らぎを与えるんだ。被災者を癒す、復興と希望の象徴なんだよ」

ここ数か月、足繁《あししげ》く書店や図書館に通った。普段から読書に親しんでいたわけではない。娘に良い名前をつけたいという一心からの行動だった。

妻が同意してくれることを願いながら、暁は返事を待った。

口の中で何度か響きをたしかめていた有里が、やがて大きく頷《うなず》く。

「うん、いいわね、高柳蘭。それにしましょう」

「よし決まった」

「でも……もしも将来結婚して苗字《みょうじ》が変わったら、ヤナギランじゃなくなっちゃうわね」

「だからその話はやめてくれよ。苗字が変わらないことを願っての名前でもあるんだから」

暁は悪戯《いたずら》っぽい笑みで話を打ち切り、新生児室のほうを向いた。

腰を屈《かが》めて膝に手を置き、視線の高さを娘に合わせる。

「蘭、お父さんだよ、わかるか」

顔のそばで両手を振って呼びかけた。名前を口にしてみると、あらためて胸いっぱいに喜びが膨らむ。

「まだ目は見えていないわよ」

早くも親馬鹿ぶりを発揮し始めた夫に、妻は呆れながらも嬉しそうだ。

「そんなことない。ほら、おれのほうを見ているじゃないか」

暁は保育器の中の蘭を指差し、妻を振り向いた。

「たまたまそっちを向いているだけでしょう」

「違うさ、ちゃんと親父がわかるんだ」

口を尖《とが》らせて、ふたたび保育器を覗き込んだ。

蘭……咲け、蘭。逆境を跳ね返して、早くそこから出て来い。焼け野原を薄桃色に染めるファイヤーウィードのように、たくましく芽吹いて希望の花を咲かせろ。

父の思いに応えるように、蘭はしきりに手足を動かしていた。生きようとしていた。

ふいに目頭が熱くなり、暁は手の甲で顔を拭った。そしてふたたび蘭を見た。じっと見つめた。どれだけ見ても飽きなかった。これからこの子をずっと見ていられると思うと、幸せで仕方がなかった。

そのとき、蘭がにっこりと笑った。

「あっ、いま笑った」

暁は娘に視線を固定したまま、手招きした。

「そんなわけないじゃない」

半信半疑だった妻も、「本当だ、笑ってる」と顔を寄せてくる。

「おれに笑いかけたんだよ」

「だからぁっ、まだ見えていないんだってば」

若い「夫婦」が「家族」になった日。「父」と「母」になった日。

一九八八年十一月九日。

それは前年に消防庁が制定してから、二度目の一一九番の日だった。

第一出場

1

ふわりと宙に浮く感覚に背中が冷えた。

伸ばした手がロープを空振りして、息を呑む。下を見ると、コンクリートの地面が迫っていた。

ぶつかる――！

ぎゅっと目を閉じた瞬間に、太股《ふともも》の付け根と腰の裏側に縄が食い込んだ。呼吸が止まり、全身が大きく波打つ。

「いっ――」

身体は地面に激突することなく、中空に留《とど》まっていた。高柳蘭が顔をしかめたのは、転落の衝撃で舌を噛《か》んでしまったからだ。

「たぁっ……」

へその少し下にある結索から垂直に伸びた命綱は、一六二センチ四五キロの重石《おもし》にぎしぎしと悲鳴を上げている。

頭上には地面、眼下には薄く澄んだ青空。涙に滲んだ視界には、逆さまの世界が広がっている。しかしそれもすぐに暗闇になった。汗が目に染みて、瞼《まぶた》を閉じたせいだ。

　横浜市消防局湊《みなと》消防署は、ＪＲ関内《かんない》駅から市営地下鉄阪東橋《ばんどうばし》駅まで、帯状に延びた大通り公園に面している。伊勢佐木《いせざき》警察署と隣り合う、赤煉瓦《れんが》と時計台が印象的な建物だ。

　その屋上には、パイプと踏み板で組まれた訓練施設があった。本署はもちろんのこと、山咲町《やまさきちょう》、丘元町《おかもとちょう》、浜方《はまかた》、本牧根岸《ほんもくねぎし》。湊消防署管内にある四つの出張所に所属する消防士たちも、小隊ごと消防車で移動してきては、この場所でさまざまな救助訓練を行なう。

　蘭はロープブリッジ渡過訓練の最中だった。上空に渡された長さ二〇メートルのロープを、行きはロープを跨《また》ぐセーラー渡過で、戻りはロープにぶら下がるモンキー渡過で往復する、消防士の基本となる救助技術だ。

　手袋の甲で汗を拭った。拭った後で、入念に塗り込んだ日焼け止めが落ちたのではと心配になる。横浜市消防局に入局してから一年、消防学校初任科を終え、現場に配属になってからは半年。日々たくましくなる腕を鏡で確認するたびに悲しくなるが、せめて母譲りのきめ細かい肌だけは、白いままで保ちたい。

　街を淡い感傷に染めた桃色は剝げ落ち、新緑の鮮やかさが花見に浮かれた人々の酔眼を切る四月の下旬だった。午後二時のまどろむ陽光にも、かすかに鋭さが覗き始めている。朝晩の冷え込みが嘘《うそ》のような日差しに、なにを着て家を出ようかと迷わされる気候だ。

蘭は床面から三メートル、四階建て署舎の高さを含めると地上二〇メートル近い位置で、乱暴すぎるハンモックに揺られていた。

中高と陸上競技で鍛え上げたしなやかな身体が、柔軟性を誇示するように空中で大きく反り返っている。ロープにカラビナで繋がる命綱のコイル巻きもやい結びの結索が、腰だけを持ち上げるせいだ。

薄い水色のキャンバスを引っかいたように延びる雲が、ゆっくりと流れ始めた。実際には、動いているのは雲ではなく、蘭のほうだった。結索を支点に、空中でブリッジをしたままオルゴールの速度で回転する。通りから吹き上げる排ガス混じりの春風が、マスカラ要らずの長いまつ毛を小さく揺らした。

熱気を帯びた汗の筋が、顎から頬骨へと幾重にもさかのぼる。頬のそばかすを隠すためにファンデーションを厚塗りしてしまいがちだが、今は気にする必要もない。どうせすぐに流れ落ちてしまうからと、仕事中はノーメイクだ。オレンジ色の活動服の内側はもとより、教師に染髪を疑われるせいで高校時代は逆に黒く染めていた栗色《くりいろ》の髪の毛まで、ヘルメットの中でぐっしょりと湿っている。

遥《はる》か上空をヘリが横切り、ビル群の屋根に隠れた。湊消防署と路地を挟んだその一帯はホテル街だ。夜になると毒々しい色遣いのネオンが欲望を吸い寄せる。職員同士の不倫カップルが出入りしているという、都市伝説めいた噂《うわさ》の舞台だった。

直射日光が目に痛い。曇りときどき雨という天気予報は、見事に外れたらしい。

洗濯物、部屋干しじゃなくても、よかったな。

逃避気味の思考に浮かんだ心の俳句を、尖った声が蹴散らした。

「おらおら、なにちんたらやってんだよおめえはっ」

折り返し地点の足場のそばに立った永井恭平《ながいきょうへい》が、手でメガホンを作っていた。蘭より一年先輩の消防士だ。細い身体に細い顎、細い眉、細い眼《め》。そこらじゅうに唾を吐く仕草に育ちの悪さを滲ませるが、入局前には暴走族を率いて横須賀《よこすか》の街を走り回っていたとうそぶく武勇伝は、眉唾ものに違いない。初出場で焼死体を見て失禁したという情けないエピソードの印象が勝っている。

後輩いびりに嬉々《きき》とする声は甲高く、若さというより幼さを感じさせた。それもそのはずで、高卒で入局した永井はまだ二十歳《はたち》だった。大卒後入局した蘭よりも、年齢では三つ下だ。

「誰が休んでいいっていったよ！　おめえの遊びに付き合わされるおれらの身にもなってみろや！　女だからって甘えてんじゃねえぞっ」

規律を重んじる消防は、完全なる階級社会だ。先輩の命令には絶対服従。反論も反抗も許されない。しかし生来の負けん気の強さが、これまでの厳しい訓練に立ち向かう蘭を支えてきたのも事実だった。

蘭は眉間に力をこめた。油断すると「怒ってる？」と友人に気遣わせてしまう目力の強さを、利用したかたちだ。

「なっ……なんだおめえ、その反抗的な眼はっ！」

成人式から数か月という三年目の先輩消防士は、編上靴で地面をたんっ、と踏み鳴らして応戦した。永井の歪んだ眉がいつも綺麗《きれい》に整えられているのは、暇さえあれば手鏡に向かって毛抜きを手にしている成果だ。

激しい視線の衝突に割って入る声があった。

「永井、おまえさっきからがちゃがちゃうるさいんだよっ」

副機関員の荒川仁《あらかわじん》だった。ゴール地点の足場の上で蘭を待ち受ける荒川は、ずんぐりと丸い身体を屈め、片膝を立てている。四十二歳、二人の子持ちである消防士長は、四十歳で救助隊を引退し、消防隊へと転属になった。二十代後半まで職を転々とし、入局する直前まで軽トラックで竿竹《さおだけ》を売り歩いていたという経歴は、さまざまな人間の集まる消防局にあっても異色中の異色だ。

そして荒川の隣、足場の下でパイプにもたれ、無表情に腕を組んでいるのが、隊長の五十嵐章雄《いがらしあきお》消防司令補だった。すらっと背が高く、上半身にバランスよく筋肉をまとった水泳選手のような身体つきは、とても荒川と同年齢だと思えない。しかし威厳に満ちた視線が、誰が隊長なのかと現場で警察や関係者を迷わせない。高校を卒業して以来、消防一筋の五十嵐は見た目と同様に、歩んできたキャリアも荒川とは対照的だった。

蘭、五十嵐、荒川、永井。それに緊急の出場指令に備えて消防車で待機する正機関員の鵜久森《うくもり》達明《たつあき》消防士長を加えた五人が、湊消防署浜方消防出張所警防係消防ポンプ隊二課の、今日の出勤メンバーだ。

消防隊はどこへ行くにも、なにをするにも全員一緒だ。隊員一人のための訓練であろうと、訓練施設への移動は小隊単位で行なう。つねに出場指令に即応できるよう、備えておく必要があるからだ。もし今この瞬間に出場指令が下れば、宙吊りの蘭を置き去りにして市の規定する最小編成の四人で消防車に乗り込むことになるだろう。指令から出場までの所要時間は平均して一分。訓練中の隊員をロープから降ろしている暇はない。

「高柳、どうしたよ、へばっちまったか」

荒川が手を打ち鳴らして叱咤する。

「大丈夫です！」

逆さまに揺られながら、蘭は半ばやけっぱちに叫んだ。

汗が目に染みて、瞼をぎゅっと閉じる。顔を左右に振ると、汗の滴がほとばしった。

大き過ぎるヘルメットの縁が、側頭部をこつこつと叩く。濁点混じりの気合いを吐いて、蘭は腹筋を縮めた。首に力をこめ、頭を持ち上げる。命綱に身体を手繰り寄せ、約七〇センチ上空で揺れるロープを目指した。握った手袋の内側で潰れたマメが擦れ、激痛が走る。しかしそれも一瞬だった。手の中でロープが走る。「あっ」と開いた口のかたちは、声を出す間もなく「い」になった。衝撃に備えて、歯を食いしばったのだ。

蘭はふたたび空中に投げ出された。視界が大きく波打ち、身体に命綱が食い込む。震えるロープが二重、三重に見えた。

すでに体力を使い果たしていた。最初は三十二秒で二〇メートルを往復することができたが、後はタイムが悪くなる一方だ。バランスを崩し、何度もロープから転落した。ほうほうの体でようやくゴールしても、隊長の五十嵐は無表情に次のスタートを命令する。

握力はなくなり、腕全体が焼けるように熱く、腹筋は今にもつりそうに痙攣《けいれん》していた。ゴールまでは残り七メートルほどだった。しかし歩けばものの数秒という距離が、あまりにも遠い。なにしろ七メートルどころか、わずか七〇センチ先のロープにすら、手が届かないのだ。

「バカヤロッ！　これが現場なら、おめえマルニ何人殺してんだっ」

永井のいう「マルニ」とは要救助者のことだ。「マルイチ」は火災、災害、救急の負傷者、「マルサン」は行動弱者や一人暮らしの高齢者、「マルヨン」は火災による死者、焼死者。そのほか横浜市消防局では、災害通信における多くの略称を定めている。

「やる気あんのかおめえはよっ、消防魂はどこ行ったぁっ」

いつもは繰り返し時計を見ながら勤務終了を待つ永井の死んだ魚の目つきは、蘭をなじるときにだけ生き生きと輝く。浜方出張所で一年間下っ端だった永井にとって、蘭は初めての、そして待ちに待った後輩だった。それまでこき使われてきた鬱憤を後輩にぶつけることでストレスを発散しているふしがある。

「そんなんじゃ浜方の恥さらすだけだっ、やめちまえっ」

永井はいよいよ興が乗ってきたようだ。

「センターでなにやってきたんだ！　そんなんじゃオレンジが泣くぞっ」

蘭を見守る三人の男たちは、全員紺色のキャップに、紺色の活動服を身につけている。肩の部分から背中にかけてだけオレンジ色のそれが、横浜市消防隊の活動服だった。蘭が着ている全身オレンジは、本来なら救助隊の活動服だ。

蘭だけ服装が違うのは、浜方出張所代表として市の救助技術大会に出場するためだった。大会に臨む選手は救助隊の活動服を着用することになるので、訓練でも本番と同じ条件にしているのだ。

毎年六月に横浜市消防訓練センター——消防学校で開催される救助技術大会では、ロープブリッジ渡過、ロープブリッジ救出、はしご渡過など、消防士たちがさまざまな種目で日ごろの訓練の成果を競い合う。市の大会で上位に入ると県大会へ、県大会で上位に入ると全国大会へと進出する、いわば消防士にとっての甲子園だ。大会で好成績を収めれば、当然ながら周囲から一目置かれることになる。

昨年は東日本大震災の影響で中止となったため、救助技術大会は二年ぶりの開催だった。蘭が出場を予定しているロープブリッジ渡過部門では、本格的に上位進出が見込めるスペシャリスト以外は、どの出張所からも一番の新人を出場させるのが慣わしとなっている。訓練にかこつけて厳しくしごき上げるのが、新人消防士への手荒な洗礼というわけだ。

「うるさいっていってんだよ、おまえはっ」

荒川に一喝されていったんはおとなしくなった永井だったが、すぐにまた喚《わめ》き始める。

「おらおらおらっ！　早くしろやっ！　ガキの使いじゃねえんだぞっ」

それでも今日はまだ静かなほうだ。浜方消防隊二課には、ほかにも江草《えぐさ》と山根《やまね》、照《てる》屋《や》という消防士が所属している。おとなしい性格の江草はそうでもないが、永井に山根と照屋が加わると大変だ。罵声はステレオの三重奏となる。

酸素をかき集めるように喘《あえ》ぐ蘭の視線が、荒川と五十嵐が話す光景を捉えた。ちらちらとこちらを見ながら、なにごとか相談している。会話の内容までは聞き取れないが、二人がなにを話しているのかは想像がついた。

荒川はきっと、蘭を助けに行ってもいいかと五十嵐に確認したのだ。

それだけは絶対に避けなければ。どんなに時間がかかっても、自力でゴールしなければ。

消防士にとって最大の屈辱は、自分自身が要救助者になることだ。

「大丈夫ですっ！　私、大丈夫ですからっ」

声を振り絞ると、反動でロープが揺れた。

慌てて腹筋を縮め、首を持ち上げ、命綱を手繰り寄せる。

身体を引き上げながら奥歯を噛み締めた。とたんに笑い始めた腹筋が、全身に震えを伝える。筋肉が悲鳴を上げ、もうどこが痛いのかすらもわからない。全身が軋《きし》み、全身が熱を持ち、全身が震えた。踏ん張り過ぎたせいで、視界がうっすら白む。

無理無理無理無理無理……。

七〇センチ上空のロープを目指しながら、蘭は粘つく口の中で念仏のように唱えた。

あと五〇センチ、あと四〇センチ、あと……三〇センチ――。

登るたびに顔の赤みが増していく。

あと二〇センチ、あと一五センチ……あと、一四・五センチ——

ようやく目の前に近づいたロープに右手を伸ばし、摑んだ。

やった——！

と思った一瞬の油断が命取りになった。左手を命綱から離したところで、右手がずるりと滑る。

ふわりと身体が宙に浮く感覚に、全身が凍りついた。目の前にあったロープが、スローモーションで遠ざかる。

もはや片手で体重を支える握力は残っていなかった。

蘭はがくがくと頭を振り、中空をのたうった。ぐったりと手足を垂らし、背筋を反らして空中で大の字になる。

ふたたび、逆さまの世界が広がった。

「なぁにやってんだよっ！　このタコッ、ボンクラッ」

永井の罵声には、もう反応しなかった。視界の端に、ロープに跨《また》る荒川が見えたからだ。諦めと落胆が、蘭から反抗する気力を奪っていた。

体型こそ肉団子のようだが、救助隊上がりの荒川の動きは俊敏だった。滑るようにロープを渡り、あっという間に近くまで到達すると、蘭のベルトにカラビナを装着した。

「よく頑張ったな、お疲れ」

去り際にかけられた労《ねぎら》いの言葉にも、応えることはできない。喉の奥に力をこめ、悔しさを封じるのが精一杯だ。

しゅるしゅると遠ざかる音。ほどなく、ぐいっ、ぐいっと腰が引っ張られる。ベルトから延ばしたロープを、荒川と五十嵐で引いているのだ。

断続的に腰に強い力が加わるので、どうしても身体をくの字に折り曲げ、手足を前に投げ出した間抜けな体勢になってしまう。蘭は空を跳ねるエビのような格好で、足場へと近づいていった。

前方に手で口を覆う永井が見えた。細い目をほとんど線にして、忍び笑いしている。

「ざ・ま・あ・み・ろ」のリズムで、肩が揺れていた。

屈辱に心が重くなった。ふいに堪《こら》えてきたものが溢《あふ》れ出し、視界が滲む。蘭はうつむいて顎を胸につけ、潤む瞳を乾かそうと瞬きを繰り返した。

2

暴力的な光に、思わず顔をしかめた。

照明連動ボタンが作動したらしい。蛍光灯の灯《あか》りが、視界を白く染めている。

跳ね起きると、右手には携帯電話を握ったままだった。友人からのメールに返信しながら、いつの間にか眠ってしまったようだ。

午前二時〇三分。布団に身を横たえてから、まだ一時間も経過していない。

浜方出張所の二階にある寝室のベッドは、一段高くなった床の間に畳を置いただけの簡素なものだ。男性隊員用の寝室とを隔てる壁は薄く、いつも豪快ないびきや歯ぎしりが聞こえてくる。初の女性消防隊員を迎えるために、従来の寝室を突貫工事で区切ったためだという。

眠気を振り払って、蘭はベッドから抜け出した。そのまま寝室を飛び出し、階段を駆け下りる。身なりに気を配る時間も、その必要もない。いつ出場がかかってもいいように、消防士は眠るときも活動服姿だ。

三秒間に五回の断続的な電子音に続いて、合成音声による出場指令が流れる。

「警戒特命出場。中区本牧宮坂《ほんもくみやさか》六の四。出場隊、浜方一……」

繰り返される指令が二度目に入るころには、事務所に下りていた。今度こそ一番乗りだと思ったのに、すでにほかの四人の隊員は顔を揃《そろ》えている。どんなに大いびきをかいていようと、出場指令の信号に肉体が脊髄反射するらしい。

指令プリンタから吐き出される司令情報を、正機関員の鵜久森が引っ掴んだ。五十二歳と二課で最年長の鵜久森は、寂しい頭髪のせいでさらに年かさに見える。のんびりとした口調とあいまって、蘭にとっては父を通り越して祖父という印象だ。

普通なら情報をもとに詳細な住宅地図を開いて場所を確認するのだが、鵜久森は管轄区域の地理や水利、交通状況までを完全に把握している。

「ああ、ここな、あれだあれ、二十四時間やってるレストラン。なんていう名前だったっけな」

場所はわかってても店の名前が出てこないらしい。

「『ジョイフルタイム』か」

荒川に確認されて、人差し指を立てた。

「そうそう、そんな名前だった。あっこだよ」

「警戒だから、どうせ自火報の誤作動じゃないっすか」

頬に枕の跡を残した永井が、面倒くさそうに短髪をかく。今にも欠伸をしそうな雰囲気だが、さすがに先輩たちの手前、必死に噛み殺しているようだ。

警戒特命出場とは、自動火災報知器が鳴動したことなどによる偵察出場だ。九割方は自動火災報知器の誤作動で、建物の管理責任者が警察からお灸《きゅう》を据えられて終わる。

「決め付けるな！」

隊長の五十嵐の一喝で、寝ぼけた空気が瞬時に引き締まった。

「行くぞ！」

全員がガレージへと飛び出した。

浜方出張所の屋根付ガレージには、通常の水槽付ポンプ車のほか、化学消防車、ミニ消防車、救急車、それに機動二輪隊のバイクが配置されている。出場指令にあった「浜方二」の「二」は、配置された車両のうち、どれを使用するかを指示したものだ。

壁のラックから各々《おのおの》が耐熱防火衣を手にとり、素早く袖を通す。

消防学校では耐熱防火衣を三十秒で着装できるよう、徹底的に訓練される。それでもベテランになるほど着装は早くなるため、蘭はどうしてもほかの隊員から一歩後れをとってしまう。

「お嬢ちゃん、早くしな！　置いてくぞ」

ようやく全身を銀色で包み終えたころには、すでに鵜久森がハンドルを握っていた。運転席から大きく手招きしている。

「待って！　待ってください！」

蘭は動き始めた消防車の後部座席に飛び乗った。

「なにやってんだ、このウスノロッ」

すぐさま永井に二の腕を小突かれる。寝起きで隊長から怒鳴られたおかげで、いつにも増して機嫌が悪そうだ。

「すいませんっ」

まだ顎紐《ひも》を締めていなかったので、頭を下げると防火帽が落ちそうになる。

「すいませんじゃねえよっ、警戒だからってどうせ自火報の誤作動だって決め付けてんじゃねえぞ」

「えっ……それは」

それはあなたでしょう、などとはもちろんいえない。それがわかっているから、永井は後輩に罪をなすりつけるのだ。

「それは、なんだよ？　しゃんとしろってんだ」

永井は口を尖らせ、ぷいと顔を背けた。

「おまえら本当に仲がいいな」

永井を挟んだ向こう側で、荒川が嬉しそうに肩を揺する。本来ならばその場所は放水長の席だが、今日は放水長の山根が休みのため、副機関員の荒川が座っているのだ。

運転席に機関員、助手席に隊長、隊長の後ろの席には放水長、その右側に副機関員ほか平の隊員。車内では役職によって、座席の位置も決まっている。

助手席の五十嵐が、ダッシュボードに取り付けられたＡＶＭの『出場』ボタンを押した。ＡＶＭはAutomatic Vehicle Monitoringの略で、ＧＰＳを利用した車両位置情報管理システムだ。これにより全車両の位置を把握した司令課は、現場に近い車両から的確に出場指令を下すことが可能になる。

「消防車出動します、消防車、出ます」

マイクに語りかける五十嵐の声が、サイレンアンプによって拡声される。

散光式回転燈の光が夜の景色を赤く染め、サイレンが鳴り響いた。

3

「ったくよお。結局これだもんな。やってらんねえっつーの」

『ジョイフルタイム』の扉を開いて駐車場に出るや、永井が自分の肩を揉《も》みながら顔をしかめた。

ガラス越しの店内では、店の責任者が五十嵐に頭を下げている。その隣では泥酔した男が、二人の警察官に両脇を抱えられてぐったりとしていた。

出場は結局、自動火災報知器の誤作動だった。酔った客がトイレの個室で煙草を吸ったことにより、自動火災報知器が作動したらしい。機関員の鵜久森だけを車内に残して店の内外を見回ってみたものの、やはり火の気はまったくなかった。

「おい、お嬢ちゃん、どこ行くんだ」

運転席から身を乗り出して隊員たちを迎えた鵜久森が、後部座席の扉を素通りする蘭を振り向いた。

「ちょっと、装備を点検しておこうと思って」

「ほおっ、感心感心」

さも嬉しそうに頷かれて、少しだけ申し訳ない気持ちになる。蘭はたんに永井を避けたいだけだった。関係者からの聴取を続ける五十嵐の戻りを車内で待っていたら、またねちねちと因縁をつけられそうだ。

個人装備と資機材については、一日に数度は点検する。まずは朝の引き継ぎ交代の際に一度、その後も折を見ては繰り返し行なう。出場してからは現場で点検している時間などない。いざ使用しようとしてからホースに穴が開いていたり、空気呼吸器のボンベの空気残量が少なかったり、投光器の電球が切れていることに気づいても遅い。それは即、自分やほかの隊員、要救助者の生命を危険に晒《さら》すことを意味する。

とはいえ、点検はかたちだけのつもりだった。就寝前にも一度実施していたからだ。

ところが格納部を開いてみてすぐに、蘭は異変に気づいた。

自分の空気呼吸器の圧力指示計の針が、残り三分の一あたりを指していた。「自分の」と断言できるのには理由がある。体力的にハンデがあり、肺活量も小さい女性用の空気呼吸器は、通常よりもボンベが細く造られている。だからほかの隊員がその空気呼吸器を使用することはなく、結果的に蘭専用になっていた。

引きずり出して目盛りを確認してみたが、やはり見間違いではない。

就寝前に点検したときには間違いなく満タンだった。それがなぜか、数時間のうちに激減している。

ほかの隊員の空気呼吸器を確認してみたが、異状はなかった。残圧が低下しているのは、蘭の空気呼吸器だけだ。

ボンベを取り外して子細に検分してみたが、傷や割れも見当たらない。

「なんでなんで、意味わかんないんだけど」

ぶつぶつと独り言をこぼしながら首をひねっていると、車内から荒川が身を乗り出した。

「どうした」

「空気呼吸器が、どうもおかしいんです。壊れてるみたい」

荒川は怪訝《けげん》そうに眉根を寄せ、車を降りてきた。

蘭から空気呼吸器を受け取り、点検し始める。

「たしかに……ずいぶんエアーが減っているな」

地面に片膝をついてひとしきり検証してから、顔を上げた。

「予備のボンベに付け替えてみよう」

「はい」

蘭は格納部から予備のボンベを取り出し、手渡した。ボンベを付け替えた荒川が、じっと圧力指示計を見つめる。老眼のせいか、目を細めて目盛りに顔を近づけたり、遠ざけたりを繰り返す。そうしているうちに、鵜久森と永井も車を降りてきた。

「うん……」

荒川が頷いた。蘭を見上げ、肩をすくめる。

「別にどこも壊れてはいないようだ。どうやら、そっちのボンベの空気が減っていただけみたいだな」

「おまえ、最近出場がなかったからって点検サボってただろ」

すかさず指摘する永井の声は、後輩の失点を見つけた喜びに弾んでいた。

「サボってません！　ちゃんとやっています！　今日だって――」

「じゃあどうして漏れもないボンベのエアーが、そんなに減るんだよ」

合理的な説明ができなかった。噛んだ唇からは、言葉が続かない。

「まあまあ、お嬢ちゃんだって疲れてるんだろうから、点検忘れちまうことだってあるだろうよ」

擁護する口調ではあるが、鵜久森も点検の不備と決め付けている。

「違います！　私ちゃんと――」

反論しようとしたところで、五十嵐の声がした。

「どうしたんだ」

助手席の扉を開きながら、隊員の輪に顔を向けている。

「帰るぞ」

車内に片足をかける隊長を、荒川の声が引き止めた。

「いやね、高柳のパックのエアーが減ってるんだよ、使ってもいないのに」

「点検を手抜きしたんだろう」

即答して車に乗り込もうとする五十嵐の動きを、今度は蘭が止めた。

「点検は毎日しっかりやっています！　今日も寝る前に点検しました。そのときは満タンだったんです！」

真偽を推し量るように目を細めていた五十嵐が、やがて歩み寄ってきた。

「ボンベにひびでも入っているんじゃないか」

しゃがみ込んで、ボンベを観察する荒川を覗き込む。

「それがそんなことないんだよ、きれいなもんさ。予備のボンベに付け替えてみたら普通に満タンになったから、壊れてもいないはずだ」

荒川は取り外したボンベを持ち上げ、いろいろな角度に傾けている。

しばらくその様子を眺めていた五十嵐の視線が、おもむろに蘭を向いた。

「点検の不備がなにを招くか、わかっているんだろうな」

もしもこの現場で出火していたら、空気の残り少ないボンベを背負って現場に進入していたかもしれない。それがどれほど危険なことなのかは、わかっている。わかっているからこそ、神経質なほど毎日点検を繰り返しているのだ。

「おれたちの仕事は火を消すことだけじゃない。要救を救うことだけでもない。火を消し、要救を救った上で、現場から生きて戻ることだ。全員が生きて戻って初めて、消火活動は成功といえる」

「わかっています」

唇を引き結ぶ蘭に五十嵐が一歩、歩み寄った。そして手招きをして荒川から受け取ったボンベを、突きつける。

「じゃあ、これはなんだ。どうしてこうなった」

「それは……」

「勇敢と無謀は違う。もしもこんなものを背負って現場に進入していたら、おまえは勇敢なんじゃない、ただ無謀なだけだ。おまえの無謀が、何人の命を危険に晒すと思う。おまえが死ぬのは自業自得かもしれないがな。おまえが現場で一酸化炭素中毒にでもなったら、救えるはずの命も救えなくなるんだ」

「おい、五十嵐さん、もうそのへんで……」

とりなそうとする荒川を、五十嵐は視線で黙らせた。同じ歳《とし》で普段は飲み仲間でもある二人だが、仕事上の序列ははっきりとしている。

「でも、私……ちゃんと点検やったし。そのときには――」

「点検をやった、やっていないは問題じゃない。これが結果だ」

五十嵐はボンベを蘭に押し付けると、踵《きびす》を返した。

「おまえは消防士失格だ。現場に死にに行くような隊員はいらない。今のうちに、救急にでも異動願いを出すんだな」

両手に金属の冷たさと重みを感じながら、蘭はその場に立ち尽くした。

4

駐輪場に自転車を入れ、エントランスをくぐって階段を駆け上がる。

蘭の自宅は横浜市港北区《こうほく》にあった。東急東横線の大倉山《おおくらやま》駅から徒歩七分の賃貸マンションで母親と二人暮らしを始めてから、もう十年になる。浜方出張所からはおよそ一五キロ、自転車だと一時間の道のりだ。

消防学校では、自転車での通勤を奨励される。体力練成の意味もあるが、それにはもう一つ、水利の確認という大きな目的があった。消防士は当直明けの非番日に管轄区域を回り、消火栓や防火水槽の位置を確認する。そのためには小回りの利く自転車がもっとも便利というわけだ。

今朝も午前八時半の引き継ぎ交代の後、二時間ほど走り回ってから帰途に就いたので、すでに陽が高くなっていた。

　蘭は三階にある自宅の扉を開けて玄関に入った。ようやく一人になれたと安堵《あんど》した
のも束《つか》の間《ま》、奥から「おかえり」という声が飛んでくる。

　リビングに向かうと、母がテレビを見ながら煎餅をつまんでいた。

「お母さん……いたんだ」

「なによ、そのいい草は。いちゃ悪いの」

　保険外交員をしている母は、朝一のミーティングにさえ顔を出せば、後は比較的時
間に融通が利く。どうやら仕事中に抜け出してきたらしく、スーツ姿だった。

「そういう意味じゃなくってさ」

「まあ、いいんだけど。そろそろお昼だから、なにか作ろうか」

「いいよ、別に」

「なに遠慮してるのよ。どうせお腹空《なかす》いてるんでしょう。一人ぶん作るのも、二人ぶ
ん作るのも変わらないから」

「いいって。お腹、空いてないから」

　腰を浮かせる母を制して、小走りに自分の部屋へと向かった。

　扉を閉めて、ベッドに身を投げ出す。するとほどなく、堪えてきたものが瞼から溢

れ出した。声が漏れないよう、枕にぎゅっと顔を押し付ける。

ふいにノックの音がした。

「蘭、あなた、大丈夫なの」

母の声が心配げだ。蘭は身体を起こしながら、慌てて顔を拭った。娘が父と同じ道を歩むことに猛反対した母とは、横浜市消防局受験を巡って大喧嘩《げんか》になった。泣き顔を見られるわけにはいかない。

「なにがよ、大丈夫だってば。眠いんだから寝かせてよ」

無理やり感情を抑えつけたせいで、つっけんどんな受け答えになってしまう。

今にも扉が開くのではとはらはらしたが、そうはならなかった。

「そんないい方しないでもいいじゃないの」

不満げな声でいい残し、足音が遠ざかる。

「あんまり五十嵐くんに迷惑かけないようにしなさいよ」

その言葉がぐさりと胸に刺さったが、母に他意はない。母にとって五十嵐は、父がよく自宅に招いていたころと同じ、はにかんだ笑顔が印象的なおとなしい青年のままなのだろう。

枕に顎を乗せ、ため息をつく。視線を窓際に流すと、父と目が合った。父はチェストに立てたフォトスタンドの中で柔らかく微笑《ほほえ》んでいる。

蘭を挟んで立つ笑顔の両親。三人家族の幸福な肖像は、蘭が小学校四年生のときに撮影されたものだ。いかにも意志の強そうな目もとと通った鼻筋は父から、卵型の輪郭と上下にバランスよく肉を付けた柔らかい唇は母から、それぞれ受け継いだ娘であることがよくわかる写真だった。

蘭の肩に手を置く父は、安全帽に活動服姿だった。蘭も同じ服装なのは、どうしても父と同じ服が着たいと駄々をこねた成果だ。袖と裾をだぶだぶに余らせながら、カメラ目線で誇らしげに敬礼している。

家族三人の背景には、消防車両とガレージの屋根が写り込んでいた。緑《みどり》消防署長津田《ながつだ》出張所——老朽化のために現在は取り壊しの決まったその所舎の三階にある3ＬＤＫの家族寮が、かつての蘭にとっての帰る場所だった。

父は連絡員だった。連絡員は出張所に住み込み、普段は消防士として通常の業務をこなしながら、有事の際には職員への連絡役となる。震度五強で強制参集という規定が適用されることは滅多にないし、父が在任する間もその役目を果たすことはなかったが、蘭が入局する直前に起こった東日本大震災の際には、連絡員が横浜市消防局の全職員に招集をかけたという。

家族寮の入り口へは所舎の裏側から外階段を上るかたちになっていて、家族生活のプライバシーが侵される心配はない。それでも登校時には消防士の「いってらっしゃい」に送り出され、下校すると消防士の「おかえり」に迎えられるという環境で、蘭はごくしぜんに消防士を目指すようになった。

父の同僚たちは、幼い蘭をかわいがってくれた。出張所の事務所でよく遊んでくれたし、宿題を手伝ってくれたりもした。蘭が「大きくなったら消防士になる」といえば、誰もが嬉しそうな顔をした。その中には、五十嵐もいた。父と同様にかつては自分も、消防という大きな家族の一員のように思っていた。

でも今は……。

「向いていないのかなぁ、私……」

枕に反射した呼気が、湿った目もとを乾かす。しかし冷たい宣告が甦《よみがえ》って、ほどなく視界はぼやけた。

「失格って、いわれちゃったんだよ……五十嵐のお兄ちゃんに」

穏やかな微笑は、なんの回答も与えてくれなかった。

5

「なんだよこのジャガイモ、皮が残ってるじゃねえか」

スプーンでカレーライスをすくいながら、隣で永井が顔をしかめた。蘭は聞こえないふりで黙々と食事を続けていたが、「おいっ、高柳、これ見ろよこれっ」スプーンを突きつけられて、不承ぶしょう首をすくめる。

「あ……すいませぇん」

ジャガイモの芽をえぐり取った窪《くぼ》みの縁に、皮が残っていた。よく気づいたなと感心するほど、ほんのわずかだ。

「これはいったいなんだ」

永井はいやらしく質問を重ねてくる。

「……皮ですけど」

「ですけどじゃねえよ、なにやってんだおめえはっ」

「すいません……」

「すいませんじゃねえだろっ、おめえ灰汁《あく》もちゃんと取ってねえんじゃねえか。なんかえぐみが残ってるぞ」

「灰汁なら取りましたけど」

声から染み出す反発が、年下の先輩の癇《かん》に障ったらしい。

永井はすかさず千切りのキャベツを指でつまみ、ぱらぱらと落とした。

「それにこのサラダな、切り方が太すぎなんだよ。なんべんもいってんだろうが。料理の手際は現場での作業の手際に繋がんだって。料理すらマトモにできねえやつに、料火なんか消せねえんだよっ。おめえの気の緩みが、こんなとこに表われてんだ」

詭弁《きべん》だと思うが、「ねえ、荒川さん」同意を求められた対面の荒川も、訓練のときのようにたしなめることはしない。

「そうだな、この千切りは、ちゃんと芯のところを削ってないみたいだ。剝いだ葉は包丁できちんと芯を削らないと」

箸でつまみ上げたキャベツを、しげしげと見つめている。

「それよりもこの味噌汁《みそしる》、温め直すときに沸騰させちまったんじゃねえかな。味噌の風味が飛んでいるぞ」

今度は荒川の隣で椀《わん》を持ち上げた鵜久森が、大きな鼻の穴をひくひくとさせる。

「そうだよ高柳、おめえ、味噌汁沸騰させたろ」

永井も椀に鼻を近づけ、ここぞとばかりに鵜久森に同調した。

「すいません……」

当直の二十四時間で、何度この言葉を口にするのだろう。

「すいませんじゃねえんだよ。おめえちゃんと反省してるのか？　あ？」

喉もとまで出かかった反論を、なんとか味噌汁で流し込む。生来の気の強さは隠し通せるものではないが、蘭も体育会育ちだ。上下関係に付きものの理不尽はわきまえている。

「それになんだよ、カレーに味噌汁って。組み合わせおかしいだろうが」

永井はまだ収まらないらしい。

「でも松屋では、カレーにも味噌汁がついて──」

思わず口をついた抗弁は、片眉を吊り上げた威圧的な表情に遮られた。

「でもじゃねえんだよ、口答えすんなタコッ」

後輩の不満げな横目を、永井はけっして見逃さない。

「なんかいいたいことあんのか、あ？」

「いえ……」

たったいま口答えするなっていったじゃん──。

もちろんそんなことは指摘できるはずもなく、蘭はうつむき、気づかれないように舌をちろりと出した。

午後六時。浜方出張所には、夜の帳《とばり》が下り始めている。市街地からそう離れてはいないのに、このあたりは郊外の趣だ。夜の訪れも早い。ただし所舎の前を国際貨物の大型トラックがひっきりなしに往来するせいで、静寂とは縁遠かった。

二課の面々は食堂でテーブルを囲んでいた。カレーライス、サラダ、味噌汁。調理も盛り付けも配膳も、蘭の手によるものだった。当直勤務の間、隊員全員の食事を用意するのは新人の役目だ。献立から調理まですべて任されている。

食事は昼、夜、翌朝と、一当直につき三回。一人につき千円ずつ徴収した予算からやりくりする。食材は前当直日に最寄《もよ》りのスーパーへファクスで注文しておき、配達してもらう。消防隊五人と救急隊三人、合わせて八人ぶんの食材を毎度調理するのだから、けっこうな重労働だ。

とはいえ調理以上に面倒なのが、消防士の料理にたいする、異常なまでのこだわりだった。

「ドレッシングが辛すぎるんだよ、味見してんのかおめえはっ」

永井が眉を歪め、声を尖らせる。

「カレー粉がダマになっているな。ちゃんと溶かさないから味にむらができるんだ」

荒川はもぐもぐと口を動かしながら首をかしげた。

「この味噌汁のゴボウ、お湯が沸騰してから入れただろ。根菜は水から入れないと……」

鵜久森は遠回しな説教口調だ。

蘭は浜方出張所でもう半年も炊事番を務めているが、料理について素直に褒められたためしがなかった。炊事番は新人隊員が必ず通過する道なので、各隊員が一家言を持っている。全員の舌を納得させるのは至難の業だ。しかもそれぞれが味つけや献立に細かく口出ししてくるから大変だ。誰かの味の好みに合わせると別の誰かの口には合わず、誰かに教わったやり方を実践していると別の誰かからそれは違うと文句をいわれ、しばしば途方に暮れる。食事の支度が苦痛でうつ病になってしまった新人消防士がいるという、冗談のような本当の話すらある。

夕方六時から七時半までは休憩とされているが、食事を終えても新人消防士に休む時間はない。食器の後片付けや先輩隊員へのお茶汲《く》み、風呂の用意にシーツの洗濯とやることは山積みだ。消防隊が夕食を摂《と》っている時間にちょうど出場していた救急隊の三人が戻ってきたら、そのためにふたたび夕食の配膳もする。

炊事だけではなく掃除、洗濯と、生活にまつわるすべての雑用は新人に押し付けられる。その合い間を縫って書類作成や資機材・個人装備の点検など、通常の業務もこなさなければならない。あたふたと雑用をこなしているうちに、気づけば消灯時間を過ぎているという毎日だ。

当直勤務では午前零時から六時までが仮眠時間に充てられるが、まともに六時間眠れることなど、まず期待できない。深夜に出場指令が下ったのならまだしも、ひたすら洗濯機を回すうちに空が白むこともあるのだからたまらない。結局、翌朝自宅に帰ってから睡眠を補うため、非番日を丸一日潰してしまうことも珍しくない。

その日もすべての仕事を終えるころには、深夜三時近くになっていた。

蘭は眠い目をこすりながら寝室へと向かった。しかしいったん扉を開きかけて、くるりと踵を返す。一週間が経過しても、五十嵐の宣告が頭から離れない。就寝直前に個人装備を点検するのが、日課になった。

事務所に下り、ガレージの扉を開く。

その瞬間、目の前に人影が現れて、蘭は小さく悲鳴を上げた。何歩か後ずさり、デスクに腰をぶつけたところで、人影の正体がわかった。

「隊長……」

ガレージにいたのは五十嵐だった。向こうもちょうど、事務所に入ろうとしていたらしい。右手がノブに伸びようとしたところで止まっていた。

「どうした、高柳。こんな時間に」

五十嵐はかすかな動揺を浮かべた口もとを引き締め、事務所に入ってくる。

「えっと……寝る前に個人装備の点検を」

隊長は、なにをしていたんですか――。

思ったが、訊《き》くことはできない。拒絶の殻に閉じこもったような雰囲気に、いつも蘭の口は重くなった。十年前はこんな人じゃなかった。昔の印象のせいで、強い違和感を引きずっている。

「そうか。手早く済ませろ。身体を休めるのも、仕事のうちだ」

五十嵐は小さく顎を引き、立ち去ろうとする。

その背中に、蘭は声をかけた。

「あの……」

「なんだ」

冷徹な視線が振り向いて、全身が硬直する。

疑問は山ほどあった。いつか訊いてみよう、今度こそはと、つね日ごろから考えている。しかしいざ五十嵐と正対すると、どうしても上手《うま》く話すことができない。

「なんでも……ありません」

結局蘭は、かぶりを振っていた。

「二度とあんなミスは、するな……次は許さないからな」

編上靴の足音が、寝室へと遠ざかっていった。

6

「おっ、お嬢ちゃん、なんか今日ご機嫌じゃねえか。いいことでもあったか」

マグカップの湯気に小鼻をひくつかせながら、鵜久森が椅子の背もたれに身を預ける。すぼめた口は警戒する素振りを見せたものの、やがて安心したようにコーヒーを啜《すす》り始めた。猫舌の鵜久森のために、コーヒーにはいつも少しだけ冷水を足している。

「そうですか、別になにもないですけど」

「なんだよ高柳、男でもできたのか」

荒川が椅子を回転させ、にやにやと見上げてくる。

「そんなこと、あるわけないじゃないですか」

下世話な詮索の視線をやり過ごしながら、デスクに湯飲みを置いた。荒川のお茶は濃い目の熱々。電気ポットから湯飲み一杯分の湯を、鍋で再沸騰させて淹《い》れる。

「そうですよ荒川さん、こいつに男なんてできるわけないじゃないっすか。どうせ昨日の非番だって、せいぜい同期の女とメシ食ったぐらいで終わってますって」

対面のデスクで余計なことを口走る永井のコーヒーは、ミルクたっぷりの角砂糖二個。

蘭は抗議の横目を向けてみるが、図星なだけに反論できない。

横浜市消防局では一つの署所に一課・二課という二つの隊が配置され、二十四時間交代で勤務にあたっている。隔日で三回当直をこなすと、次の当直が免除になり、週休が与えられるという三勤一休が基本だ。休日が少ないわけではないのだが、とくに新人のうちは週末が休みになることは少ないので、一般企業に就職した友人などと予定を合わせるのは難しい。必然的に、同じ勤務体系の消防士同士でつるむことが多くなる。

蘭は、永井とデスク二つを隔てた場所に陣取る、山根のもとへ向かった。

「さっさと男でもできて片づいてくれたほうが、こっちは楽なんだがな」

湯飲みを置くと同時にぼそりと嫌みをいわれ、頬が強張《こわば》る。だが、あらかじめ用意した作り笑顔で受け流した。山根の悪態はいつものことだ。以前はなにかいわれるたびにトイレにこもって泣いたものだが、半年も接していると、さすがに神経も図太くなる。

その日は五十嵐が週休のために、放水長の山根が隊長代行だった。いつも身を屈めて上司の顔色を窺う卑屈な男が一八八センチという本来の長身を取り戻すのは、五十嵐が不在のときだけだった。普段は揉み手で隊長にすり寄りながら、「次は自分のはずだったのに」と陰口を叩く。山根は自らが消防指令補の昇任試験に落ち続けていることを棚上げにして、三つ年下の後輩に隊長の座を奪われたと、五十嵐を逆恨みしていた。

出勤した新人消防士がまずやるのは、助勤の確認だ。横浜市消防局では、週休や年休などで不足した人員を区内の署所間で補い合う。だいたいの場合、前日までにわかっているのだが、病欠などで急な助勤が入ることもあるので一日の最初に確認しなければならない。

助勤がないのを確認すると、次は先輩隊員へのお茶やコーヒーの用意に移る。各々が持ち込んだマイカップや湯飲みに、好みに合わせたお茶やコーヒーを淹れる。各隊員の好みを把握するのも現場での注意力や観察力を養うために必要なことだと最初に説明されたときには内心鼻白んだが、感心するふりをしておいた。長いものにはほどほどに巻かれるのが、体育会系社会での処世術だ。

蘭は救急隊のデスクが集まった島へと向かい、救急隊の伊崎《いざき》、垣内《かきうち》、島村《しまむら》のデスクにマグカップや湯飲みを置いた。三人の救急隊員のうち、最年長の伊崎は要注意だ。近づくといつもさりげなく身体を触ろうとしてくる。

「ありがとよ、蘭ちゃん」

やはり調子よく尻に伸びてきた手を、蘭はひらりとかわした。

「なんだよ、減るもんじゃあるまいし」

口を尖らせる伊崎を、「すいません、先約が入っているもので」と軽くいなす。いちいちセクハラだと憤るようでは、男社会の消防では生き抜いていけない。

「そうか。そんなに男日照りなら、高柳のためにおれらが一肌脱いでやらないとな」

消防隊の島に戻ると、荒川が神妙な面持ちで腕組みをしていた。

「男日照りだなんて」

苦笑で手を振ったが、鵜久森の表情も真剣そのものだ。

「でもな、女の消防士ってのは、出会いを探すのもなかなか大変だろう。お嬢ちゃん、見てくれは悪くないんだからさ」

「そうだ高柳、おまえそういえば、朝ドラに出てるあの女優に似てないか」

荒川に指差され、蘭は首をかしげる。

「なんていう名前の女優ですか」

「名前は知らないんだけどさ、前から誰かに似てるなって思ってたんだよ」

「ああ、たしかに」

鶉久森が目と口と鼻の穴を大きく開いた。

「あの女優さんか」

「な、似てるだろ。今のおかっぱみたいな髪型をそのまま伸ばしたら、そっくりになるぜ」

「本当だな、そっくりだ」

まじまじと見つめられ、満更でもない気分に冷や水を浴びせたのは、永井だった。

「顔は整ってても色気ゼロって意味じゃ、たしかに朝ドラっぽいっすね」

睨《にら》み合う蘭と永井の間を、鶉久森のため息が吹き抜ける。

「男なら、なんとでもなるけどな。保母さんとか、看護婦さんとか」

蘭の母もそうだったように、消防士の妻には保育士と看護師が多い。保育士とは保育園の防災指導で出会いがあるし、不規則な勤務形態のために出会いが少ないという共通の悩みを抱える看護師とは、平日に合コンを組むことができる。

「別に今は彼氏とか欲しくないですから、仕事で手一杯ですよ」

ありがた迷惑なお節介に浮かべた笑顔は、またも永井からの横槍《よこやり》で強張った。

「そうやってのんびり構えてるうちに行き遅れちまって、ただごっついだけのおばはんになるんだよ、この筋肉干物女」

「永井さん、もう合コン組んであげませんよ」

「ああ、どうぞどうぞ。だいたいおめえが連れてきた女ども、ありゃなんだ。あんなカボチャみたいな顔した女、よく集めたもんだな」

永井は不愉快そうに鼻を鳴らした。

あまりのしつこさに根負けして、一度だけ永井のために合コンを組んだことがある。普段付き合いのある親しい友人には紹介したくなかったので、アルバムを引っ張り出してメンバーを集めたのだが、その判断は正しかった。酔った永井に抱きつかれ、強引にキスをせがまれた友人が、途中で泣きながら帰ったのだ。合コンに誘った友人たちとは、以来音信不通になっている。

たちが悪いのは、永井に狼藉《ろうぜき》の記憶が残っていないことだった。自分が泣かせた女の子に何度も電話をかけ、無視され続けるうちに、相手のことをカボチャ呼ばわりするようになった。どうにか仲をとりもってくれと頼まれても、友人は蘭からの電話にも応答してくれないので、もはやフォローのしようがない。

消防学校の同期の飲み会で愚痴をこぼしたら、同じような話がわんさか出てきた。合コンのセッティングに奔走して友人を失うのも、新人消防士にとっての通過儀礼らしい。

「カボチャでもヘチマでも、おまえの相手してくれる女なんかいねえだろうよ」

荒川がボールペンで永井を指してからかう。

「えっ、ヘチマも無理っすかあっ」

「贅沢《ぜいたく》いうな、ヘチマに失礼だろうが。食ったら美味《うま》いし、身体洗うスポンジにもなるし、おまえよりはよっぽど役に立つ」

鵜久森が指摘すると、「そりゃ傑作だ」荒川が膝を叩いて笑った。

五十嵐が休みの日には、良くも悪くも隊の空気が柔らかくなる。隊長代行の山根がいくら威張り散らしたところで、リーダーシップには歴然とした差があった。山根の撒《ま》き散らす剣呑《けんのん》が、隊全体に及ぶことはない。

「今日は本署でロープブリッジ渡過訓練をやる」

唇を歪めてだんまりを決め込んでいた山根が、忌々《いまいま》しげに宣言した。せめてもの腹いせとして、新人をいびり倒すことに決めたらしい。

「おいおい、今日は水利調査やるっていってたじゃないか」

鵜久森がデスクに手を置き、身を乗り出した。

「予定変更です」

山根は書類を整理するふりで、視線を合わせないようにしている。

「そんな……気分ひとつで予定変更されてもなあ」

鵜久森の視線に救いを求められ、荒川が口を開いた。

「山根さんは週休だったけど、実は一昨日の当直日も、ブリ渡過やったんだよ」

「だからなんだ」

山根にとって鵜久森は年上だが、荒川は年齢も役職も下なので遠慮がない。そもそも山根と荒川は普段から折り合いが悪く、なにかにつけて衝突していた。隊長代行を笠《かさ》に着て居丈高になる山根と、誰にでも分け隔てなく接する荒川とでは、上手くいくわけがなかった。

「まだ疲れも残っているだろうし、そんなに訓練ばかりやったところで急にタイムなんて伸びないだろう」

鵜久森がやんわりと意見する。

「救助大会まで時間がないんだから、そんな甘いこといってられませんね」

年長の機関員にたいする山根は言葉こそ敬語だが、神経質にささくれた声には、役職が下の隊員に反論された不満が滲んでいた。

「でも山根さん、新人の訓練も大事かもしれないけど、おれらにはほかにも大事な仕事が——」

「おまえは黙ってろ、荒川」

山根は声を低くして恫喝《どうかつ》すると、腕組みで蘭を見た。

「高柳、おまえ、現時点でのベストタイムは何秒だ」

「三十二秒……です」

「三十二秒だと？」

芝居がかった表情で、大げさに驚いてみせる。

「そんなんで、うちの代表として出場させるわけにはいかないだろう」

同意を求める視線は鵜久森と荒川を素通りし、永井のところで止まった。永井なら、自分のいうなりになるとわかっているからだ。

「永井、いってみろ。市の大会の基準タイムは、何秒だ」

「は、はい、に……二十……八秒っす」

後輩を吊るし上げる絶好の機会のはずが、なぜか語尾が萎《しぼ》んでいる。

ほら見たことかという感じに、山根が顎を突き出した。

「しかしな、基準はあくまで基準なんだから、絶対にクリアする必要もないだろう。課長はお嬢ちゃんに経験を積ませたいってことで、出場させるようにいっているわけだし……」

鵜久森は杓子《しゃくし》定規な隊長代行にうんざりした様子だ。

「そうだよ山根さん、それにおれの見たところ、身体の使い方さえ覚えれば高柳のタイムはもっと伸びると思うけどな。あと一か月以上あるんだっけ……まだそんなに焦る必要もない。それだけあれば、基準タイムもクリアできるかもしれない」

荒川の指摘に、山根は最初から耳を貸さなかった。話の途中からひらひらと手を振り、最後にふっと鼻で笑い飛ばす。

「かもしれない、じゃあ不十分だろう」

言葉尻を捉えるのは、山根の得意技だ。

「だからって回数だけこなせば上手くなるってもんでもないんだよ、コツを掴まなきゃ。そもそも筋組織の回復には少なくとも三日かかるんだし。それに永井だって、いまだに基準タイムをクリアしたことがないんだからさ」

基準タイムを告げる永井の、自信のなさそうな態度の理由が判明した。

永井は気まずそうにうつむき、肩を狭めている。

「荒川、きさまいったい、誰にものをいっているんだ」

山根ががたんと椅子を引く音で、険悪な空気が広がった。

「あ？」

デスクを人差し指で小刻みに叩く荒川も、臨戦態勢だ。

「誰にものをいっているって、訊いているんだ」

「……あんただよ」

荒川が前のめりになり、腰を上げそうな素振りを見せる。

蘭は慌てて会話に割り込んだ。

「あ、あの……私、やりますよ、訓練。むしろやりたいです」

荒川と山根の間で、困惑の視線を往復させる。

しばらく睨み合っていた二人のうち、先に視線を外したのは山根だった。

「午後は本署でロープブリッジだ。基準タイムをクリアできるように、しっかりしごいてやる」

冷えた視線で蘭を一瞥《いちべつ》し、デスクに書類を広げた。

「わかりました」

「はいはい、わかりましたよおっ、隊長代行さん」

荒川が白けた様子で、後頭部に両手を重ねてふんぞり返る。その隣では鵜久森がやれやれと肩をすくめていた。

7

本署に到着するころには、両脚がぱんぱんに張っていた。

午前中は山根の命令で、ダッシュをひたすら繰り返した。出張所と錦町《にしきちょう》交差点との往復およそ七〇〇メートルの距離を、繰り返し永井と競走させられたのだ。

「負けたほうには、ペナルティーとして腕立て伏せ十回な」

山根は公正を期す体育教師の口ぶりだったが、瞳の奥には暗い企みが透けていた。ペナルティーが蘭のために用意されたのは明白だった。いくら身体能力に優れているとはいえ、女が男に勝てるはずがないと踏んでいたようだ。

ところが山根の目論見は外れ、すべてのペナルティーを永井が被る結果になった。蘭が中高と陸上部で、四〇〇メートルでインターハイにも出場した実績の持ち主だということを、山根は知らなかった。

とはいえ午前中だけですでに一〇キロ以上も走り込んでいる。それもすべてが全力疾走だ。普通ならば、とてもロープブリッジ渡過訓練に臨めるような状態ではなかった。

例によって機関員の鵜久森を消防車に残し、二課の面々は本署の屋上に向かった。

荒川を先頭に、蘭、永井、山根と一列になって階段をのぼる。

先頭を歩いていた荒川が扉を開くと、長方形に切り取られた青空が見えた。

「おお、お疲れ様」

屋上に降りたとたんに、荒川が顔を横に向け、手を上げた。

「やあ、浜方さんか」

荒川が消えた方角からは、違う誰かの声も聞こえる。

蘭が荒川の背中を目で追うと、足場の近くに二人の男が立っていた。一人は紺色の活動服を、もう一人は蘭と同じオレンジ色の活動服を身につけている。もう一台の足場のそばにも、紺色の活動服を着た男が二人、立っていた。

湊消防署第二消防隊だった。有能な人材が集められるため、若手消防士がこぞって転属を目指す花形部署だ。

「共同訓練ってことにするかい」

荒川に声をかける紺色の活動服を着た胡麻塩《ごましお》頭は、第二消防隊の丸尾《まるお》隊長だった。

「いいのかい、お邪魔しちゃって」

荒川の笑顔から、二人が旧知の仲であることが窺える。

「当たり前だろう、仲良くやろうじゃないか」

旧友の二の腕を軽く叩き、丸尾はきょろきょろと視線を動かした。

「今日は、五十嵐隊長は休みか」

「ああ、今日は――」

荒川が話そうとするのを、すっと歩み寄った山根が手を上げて遮る。

「今日はおれが隊長だ」

丸尾はそのとき初めて、一八八センチの巨軀《きょく》に気づいたようだった。「ああ、そう……代行ね。よろしく」と顎を引くと、すぐに視線を戻した。

「三本ずつで交代、ってことでどうだい」

あくまでも荒川に向かって話している。外部の人間にも人望のなさは伝わっているらしい。なんとか会話に加わろうとする山根が哀れだ。

「助かったな」

ふいに隣から聞こえた呟《つぶや》きに、蘭は顔をひねった。

永井がポケットに手を突っ込んで斜めに立ち、そっぽを向いている。

「本署のやつが訓練している間は、少しはおまえも休めるだろうよ」

あさっての方向に吐き捨てた後で、永井は山根の背中に向かって眉をひそめた。

「あんだけ走らされた後でブリ渡過だなんて、山根のやつ鬼だぜ」

予想外の出来事に、蘭は自分の耳を疑った。

どうやら同情してくれているらしい。山根を共通の敵とみなしたせいか、それともロープブリッジ渡過が不得意なことを知られた気後れのせいなのか。とにかく蘭の身を案じているのは間違いないようだ。

「そ……そうですね、少しは楽になるかも」

なんとか言葉をひねり出すと、ぎこちない笑みが返ってきた。永井はいったん照れ臭そうにうつむき、なにかいおうと唇を開きかけたが、言葉を発するより前に、背後から別の声がした。

「残念だが、あまり休憩時間はあげられないな」

振り返ると、丸尾と一緒にいた、オレンジ色の活動服を着た男が立っていた。隆々と筋肉に覆われた長身の広い肩幅が、つるんとした歌舞伎役者のような顔立ちとアンバランスな印象だ。

「相変わらず無駄な努力続けてんのか、高柳」

男は顎を触りながら、不敵に唇を吊り上げる。

「相変わらず余計なことくっちゃべる癖は直らないみたいね、小野瀬《おのせ》」

蘭は眉間に力をこめ、精一杯に胸を突き出した。

同期入局の小野瀬大樹《だいき》だった。初任科を終えて現場に配属になった現在でも、二か月に一度ほど開かれる同期の飲み会では必ずといっていいほど顔を合わせている。

「おまえが代表だなんて、浜方さんもよほど人材不足だと見えるな」

「私のことより自分の心配をしたらどうなの」

「おれへの気遣いなんて無用だ、スーパーレンジャー目指しているからな。こんなところで足踏みするつもりはない」

小野瀬は肩をすくめ、ヘルメットから垂れた前髪を指で撥《は》ね上げた。消防学校時代には坊主頭だった髪も、今ではだいぶ伸びている。おかげで人気絶頂の若手俳優に似てきたと、同期の女子の間ではもっぱらの評判だ。

「最近はどうなんだ。タイムは伸びているのか」

上から目線には、「は?」と鼻息で応じた。

「おまえ、たしか初任科のときのベストタイムは三十二秒だったな」

どうでもいいことをよく覚えている。

「あれから少しはタイム伸びたのか」

「余計なお世話だと思うけど」

「おれの見たところ、おまえは腕の力でロープを渡ろうとしている。それは間違いだ。上手いやつは何度ロープブリッジをやっても、腕が疲れないんだ」

「あのさあ……」

助言など求めていないのに、ずけずけと意見してくるその傲慢さが気に入らない。

「ロープとの摩擦を少なくするんだ。帆布とロープの接触面をできるだけ小さくして、腕と脚の力が、効率的に伝わるようにする」

「だから、あんたにアドバイスなんか――」

手を振る蘭を無視して、小野瀬は強引に講義を進めた。

「そのために必要なのが、どこの筋肉だかわかるか」

蘭だけでなく、そばにいる永井にも質問しているらしい。小野瀬は二人の顔を交互に見た。黙り込む二人を視線でたっぷりと小馬鹿にした後、ふっという嘲りの息とともに答えを告げる。

「背筋だ。背中を大きく反らすことで、ロープとの接触面を小さくすることができる。背筋を鍛えれば、おまえのタイムも飛躍的に伸びるだろう」

「おうい、小野瀬。なにやってんだ。始めるぞ！」

遠くから声がした。荒川との話が済んだらしい。足場の近くで丸尾が手を上げている。

「はい、わかりました」

小野瀬は顔をひねって答えると、ふたたび蘭のほうを向いた。

「まあ、せいぜい頑張れ……無駄だろうが」

皮肉っぽい笑顔を残して、背中を向ける。歩きながら右手を上げ、指先をひらひらとさせた。

蘭は仁王立ちで、後ろ姿を睨みつけた。

「なんか、いけすかないやつだな」

永井が憎々しげに囁《ささや》く。山根に小野瀬。敵の敵は味方ということか、今日はやたらに永井と意見が合う。

足場の上に立った小野瀬が、命綱を身体に巻きつけた。丸尾と向き合って直立する。

「点検！」

小野瀬が先ほどまでとはうって変わって引き締まった声を出すと、「点検！」丸尾が復唱した。災害現場での意思の疎通を図るため、消防士はなにかにつけて行動を起こす前に大声で宣言する。

「カラビナよし！」

「カナビナよぉし！」

「安全環よし！」

「安全環よぉし！」

きびきびと動く小野瀬を、丸尾が指差し確認する。

「返しよし！」

「返しよぉし！」

小野瀬がロープに跨り、スタンバイした。

「準備よし！」

「準備よぉし！」

腕を水平に伸ばした丸尾が、ストップウォッチを見つめる。

「行けっ！」

水平だった腕が垂直になり、小野瀬がスタートした。

その瞬間、蘭は目を見張った。

ものすごいスピードだ。しかも、ただ速いだけではない。飛ぶように滑らかなセーラー渡過だった。倍とはいわないまでも、背が高く筋肉質な小野瀬は、蘭よりも相当体重があるはずだ。なのに、ロープがほとんど揺れていなかった。

「マジかよ……」

呆気《あっけ》にとられた永井が、蘭の気持ちを代弁した。すっかり毒気を抜かれ、戦意喪失してしまったようだ。肩がだらりと落ち、口も半開きになっている。

あっという間に折り返し地点に到着した小野瀬は素早く身を翻し、ロープにぶら下がった。モンキー渡過も速い。

小野瀬がゴールするまで、呼吸をする必要もなかった。

「化けもんじゃねえか……」

語尾のかすれた永井の呟きには、反応することもできない。

まるで早回し動画を見ているようだった。自分とはあまりにも次元が違い過ぎて、なんの感情も湧いてこない。たしかに小野瀬は、消防学校時代から優秀だった。とはいえ、その背中を追いかけ、いつかは追い抜こうと思っていた。ライバルだと認識していた。

「どうした小野瀬、今日は調子が出ないな。腹でも下してるのか」

ストップウォッチを確認しながら、丸尾が笑っている。

「えっ、あれで……」

途中で言葉に詰まった永井が、なにをいいたいのかはわかった。蘭も同じことを考えていた。

あれで調子が悪いというのか――。

急激な成長を遂げた同期の背中が、遠ざかる。

「よおし、二本目行くぞぉっ」

すぐに丸尾が手を水平に身構えた。ロープに跨った小野瀬が、スタート位置に着く。

その瞬間、折り返し地点を見据えていたはずの黒目が、ちらりと蘭を捉えた。片頬だけを吊り上げ、勝ち誇ったようににやりと笑う。

寒気が走って、蘭は思わずたたらを踏んだ。

踵《かかと》を下ろして全体重を預けた場所には、誰かの編上靴の爪先があった。バランスを崩して手をついた先には、活動服の胸があった。

「わわっ！　なにしやがる……」

蘭に押された永井が転倒するのと、「行けっ」小野瀬がスタートするのは同時だった。

8

藤代俊樹《ふじしろとしき》は路上駐車したレンタカーの運転席から、団欒《だんらん》の灯《ともしび》を見上げた。もうどれぐらいそうしているだろう。時間の感覚が曖昧なせいで、藤代にはわからない。

その真新しい家は、横浜市中区山手町《やまてちょう》の住宅街に建っていた。木造だが壁には煉瓦造りを模したパネルが取り付けられ、瀟洒《しょうしゃ》な外観だ。かつての外国人居留地の趣を色濃く残す街並みに、すっかり溶け込んでいる。純白の玄関扉の横に取り付けられた表札のプレートに躍る名前も、アルファベットの筆記体だ。

外国人気取りかよ、しょせん偽者のくせに――。

嘲笑を噛み殺して、スカジャンのポケットからくたびれた煙草のパッケージを取り出した。指先でとんと叩いて飛び出した一本を口に咥《くわ》え、ジッポライターを擦る。炎に照らされたジッポライターの銀色の表面に、『T＆Y』という刻印が浮かび上がった。Tは自分の名前、Yは妻の芳美《よしみ》のイニシャルだ。付き合い始めたころ、チェーンスモーカーの藤代のために、妻がプレゼントしてくれた。

いや、正確には元妻だった。離婚は三年前に成立している。

鼻から煙を吐きながら、藤代は白い光を漏らす窓に目を向けた。その中にはいったん旧姓に戻り、さらに別の男の姓を名乗るようになった、元妻と息子がいるはずだった。

元妻と息子、そして外には藤代。邪魔者は、いない。

ダッシュボードの携帯電話を手にとり、メモを見ながら番号を打ち込んだ。通話ボタンを押し、電話を耳にあてる。数度の呼び出し音の後、懐かしい声が聞こえた。

「はい、野村《のむら》でございます」

取り澄ました口調に噴き出しそうになる。新横浜に事務所を構える弁護士夫人の座に収まったところで、人生をリセットできたとでも思っているのか。

偽者が……しょせんおまえには、黄金町《こがねちょう》の安っぽいネオンがお似合いだ——。

「よう、おれだ」

藤代は内側でとぐろを巻く悪意を押し隠し、明るい声を出した。それでも警戒されてしまったらしい。

「……どうして、この番号が」

硬い声が、拒絶を発散していた。しかし藤代にとっては、名乗らずとも元妻が自分とわかってくれたことの喜びが勝った。

確信する。この女と自分の縁は、切っても切れない。どんなに殴っても、足蹴にしても、口汚く罵り合ったとしても、心の底では深い愛情で結ばれている。

「そんなことはどうでもいいだろう」

「よくないわ、どうしてここの番号がわかったの」

芳美の声に含まれる怯《おび》えが、藤代の胸を高鳴らせる。沸騰した血液が、身体じゅうを駆け巡る。その感覚を、藤代はずっと愛だと信じて生きてきた。むしろそれ以外の感覚を、藤代は知らない。藤代は三十五年の人生で、一度も他人に共感を抱いたことがなかった。

「剛《つよし》に会いたくてさ……」

実際には、すでに息子に会っていた。藤代は昨日からずっと、この界隈《かいわい》をうろついて機会を窺っていた。港の見える丘公園のベンチに座っているときに、ちょうど友人たちと下校する剛を見かけた。記憶よりもずっと背が伸びていた。

一瞬、目が合った気がしたが、どうやら剛は父の顔を覚えていないらしかった。すぐに友人とのお喋りの輪に戻り、歩き去っていった。無理もない。なにしろ藤代が妻と別れたとき、いや、野村という弁護士に夫婦の仲を引き裂かれたときには、息子はまだ三歳だった。あらためて野村への怒りが湧いた。なんとしてもあの男から家族を取り戻してやろう、家族を奪ってやろうと誓った。

「答えになっていないわよ。私は、どうしてここの番号がわかったのかを訊いているの」

「だから剛に会いたくて、調べたんだ」

番号を調べるのは簡単だった。藤代は離婚調停の際、妻の代理人となった弁護士のフルネームを知っている。

「それにしても、おまえがあの男とくっついていたなんてな」

離婚をいい渡された後、ある時点から弁護士を介してしか妻と接触することができなくなった。血眼になって捜したが、家を出た妻子の居所はわからなかった。

弁護士は自分よりも少しだけ若い、いかにも賢そうな顔のかたちをした野村という男だった。

藤代は妻に会わせろと恫喝もしたし、泣き落としもした。しかし野村は毅然《きぜん》とした態度を崩さなかった。ジム通いで鍛え上げたたくましい胸板を誇示しながら、藤代を脅した。

奥さんの身体に残る傷痕は、あなたがつけたものですね。息子さんの身体にある痣《あざ》も不自然だ。民事ではなく、刑事事件にすることもできるんですよ。私がいっていることの意味がおわかりですよね――。

「気づけばよかった……」

そうだ、気づくべきだった。野村という男を動かしていたのは正義感ではなく、下心だった。インテリ野郎の口八丁に丸め込まれてしまった。野村は芳美の身体のどこにどういう傷痕が残っているか、子細に検分できる関係にあったのだ。一方的に悪役を押し付けられ、離婚届に判を押すことになったが、裏切っていたのは妻のほうだった。

「とんだ食わせ者だ」

野村も、芳美も。たまたま京急百貨店で買い物をする家族三人の姿を目にすることがなければ、一生騙《だま》されたままだった。そう考えると、はらわたが煮えくり返る。

「なにをいっているの……」

芳美が弱々しく声をこぼす。藤代は彼女の震える息の気配も、恐怖ではなく、後ろめたさだと解釈した。

「おまえたち、最初からデキていたんだろう！　おれをハメやがって！」

「そんなことないわ！　あの人と付き合い始めたのは、あなたと別れた後よ！」

「嘘つくんじゃねえっ！」

ふいに前方を制服警官が自転車で横切るのが見えて、我に返る。ここで職務質問でもされたらことだ。目的を達成するどころか、尿検査でもされたら刑務所行きは免れない。

藤代は覚醒剤所持で有罪判決を受け、執行猶予中の身だった。

「もう切るから」

「待ってくれ、おれが……おれが悪かった。おまえがあの男とデキてたかどうかなんて、もうどうでもいいんだよ。すまなかった」

とってつけた猫なで声ですがりついた。打算だけで生きてきた藤代は、反省を演じることにかけては天才的だった。おれが悪かった、と思ってもいない台詞《せりふ》を口にし、感情とは関係のない涙を流すことで、何度も妻を引き留めてきた。

赦《ゆる》す。おれのもとに戻ってきてくれさえすれば、すべてを赦す。

藤代は自分なりの正義を胸に抱いたまま、妻に語りかける。

「実はな……今、家の前にいるんだ」

「なんですって?」

「剛に会わせてくれないか、一目だけでもいいんだ」

「旦那がいるの。だから無理」

「今は、いないだろう」

普段はいる。だが少なくとも「今は」いない――。

息を吸う気配を残して、芳美が絶句した。

藤代が待っていたのは、夫が不在になるタイミングだった。夕刻、家の前に停まったタクシーに、野村が乗り込むのを確認した。スーツケースを引いていたから、泊まりがけの出張だろう。おそらく今夜、帰宅することはない。

「ずっと……監視していたの？」

強気を演じる芳美の声には、しかし隠しようもない恐怖が滲んでいる。

「いいだろう。剛に会わせてくれよ、お願いだ」

「警察に電話するわよ」

「野村は知ってんのか」

「えっ……」

藤代には切り札があった。皆までいわずとも、芳美には思い当たるふしがある。弁護士の夫には、あのことを絶対に伝えていないはずだった。いえるはずがない。

「旦那は知ってんのかって……おまえがどんだけの男のモノを、咥え込んできたのかってことをよ」

藤代が芳美と出会ったのは、黄金町のソープランドだった。何度も通い詰めて指名し、口説き落とした風俗嬢が芳美だった。

押し黙っていた芳美が、やがておそるおそる切り出した。

「いくら欲しいの……」

踏み板の腐った吊り橋を渡る口調だった。

「冗談だろう。金なんていらない。おれはただ、剛に会いたいだけだ」

探るような沈黙がもどかしかったが、藤代はじっと堪えた。あと一息だ。あと少しだけ我慢すれば、家族を取り戻すことができる。話さえすればわかってくれる。根拠なくそう思い込んでいた。金も仕事もない、執行猶予中の覚醒剤中毒者に残されたのは、もはや愛だけだという思い込みが、藤代を突き動かしていた。

「剛にはお父さんだって、いわないでくれる？　あの子、今の旦那になついているから混乱させたくないの」

深く息を吸い込んで、怒りを押し留めた。

「わかった……」

「それと……できれば、これで最後にしてほしいの」

心にもないことを口にするせいで、答えるまでに一瞬、間が空く。

「ああ、最後にする」

「少しだけよ、お願いね……」

「とにかく家に入れてくれ」

電話を切り、車を降りた。

わかっていない、あの女は自分というものがわかっていない。借金を返すために風俗店で働いていたような女が、過去を隠して弁護士の妻になるなど分不相応も甚だしい。金と地位を得ることがそれほど重要なのか。本当に幸せなのか。おまえはおれのことを愛しているといった。ずっと一緒にいようといった。あの言葉は嘘だったのか。

いいや、違う。おまえは口の上手いあの男に騙されているだけだ。

それをおれが、わからせてやる。

本当の愛が、家族がなんなのかを、思い知らせてやる——。

藤代は車のトランクを開け、ポリタンク二個とロープ、そしてナイフを取り出した。ナイフを腰のベルトの部分に挟み、ポリタンクを両手に提げて玄関まで歩いた。ポリタンクの中で、一〇リットルの灯油がたぷんたぷんと揺れる。

玄関に着くとポリタンクを下ろし、筆記体の表札の下に取り付けられたインターフォンを鳴らした。ベルトに挟んだナイフの柄を摑み、身構える。

鍵の外れる音がして、ゆっくりと扉が開いた。昔と違い、上品なパーマをかけた芳美の顔が現れた。好きじゃない髪型だと、藤代は思う。

「あまり長居しないで——」

元妻の表情から血の気が失《う》せた。驚愕《きょうがく》の視線が、藤代の足もとに注がれていた。

「なにそれ！　なんなの」

藤代は扉の隙間に素早く身をねじこみ、芳美の口を手で覆った。抵抗する喉にナイフの刃先を押し当て、黙らせる。

「もしもおまえがちゃんと話をしてくれるなら、あんなものを使う必要はないんだ。わかるだろう」

激しく頷く芳美の髪の毛から記憶とは違う香りがして、喉の奥でちりりと怒りがくすぶる。

「声を出すなよ……いいな」

相手が頷くのを確認してから手を離し、ロープを取り出した。

「いったい……どうしようっていうの……」

腕ごと胴体をぐるぐる巻きにされながら、芳美が涙声で訴える。

「殺さないで……お願い」

「なにをいっているんだ。おれはただ、おまえと話し合いたいだけだ。なにか乱暴しようっていうんじゃない」

説明しているのに芳美が全身をわななかせる理由が、藤代にはわからない。

結び目をきつく縛ると、ロープの端に手をかけて玄関に上がり込んだ。芳美は上がり框《かまち》につまずいて転倒したが、立ち上がってよたよたとついてくる。

「話し合うだけなら、こんなことする必要ないじゃない」

「こうでもしないと、おまえはおれの話を聞いてくれないだろう。おれだってこんな真似《まね》はしたくないんだ」

「ちゃんと話を聞くから……お願い、やめて」

無視してロープを引き、廊下を歩いた。

そしてリビングの前に到達したとき、階段の上から見下ろす視線に気づいた。

剛だった。トレーナーに半ズボン姿の剛が、足を階段に一歩踏み出した状態で固まっている。階下の物音に気づいて様子を見に出てきたものの、事態を理解できずに混乱しているようだ。

「こっちに来ちゃ駄目！」

叫ぶ芳美のロープを引き寄せ、「おまえは黙ってろ」とすごんだ。芳美を壁に叩きつける。泣き崩れる元妻に一瞥をくれると、剛に両手を広げた。

「剛、大きくなったなあ」

笑顔で階段に足をかける。

「おじさん……誰？」

剛は壁に手をつき、身じろぎした。怖いけれども母のことが心配で逃げ出すことができないという様子だ。

「おじさんじゃない、お父さんだ。おれが本当のお父さんなんだよ……」

「やめて！　いわないって約束したでしょう！」

芳美が嗚咽《おえつ》の狭間《はざま》から抗議する。

「黙ってろ！　殺すぞ！」

眉を吊り上げて背後を恫喝したが、剛に向き直るときには笑顔に戻っていた。

「剛、おれがお父さんだ、おまえがお父さんだと思っているのは、偽者だ。おまえは騙されているんだ」

足を踏み出すたびにみしり、みしりと木が軋む。

「お父さん……？」

警戒する目もとが、自分によく似ている。間違いなくおれの息子だ。野村の子なんかじゃない。

「そうだ、お父さんだ。覚えてないのか」

やがて目線の高さが同じになった。近くで見ると、息子の目には涙の膜が張り、全身が震えていた。

「怖がることはないんだぞ。おれがおまえを、ここから助け出してやる」

抱き締めようと手を伸ばした瞬間、剛が素早く反応した。

「違う！　お父さんじゃない！」

息子の突き出した両手が、藤代の胸を押した。

一瞬、バランスを崩してひやりとしたが、手すりを摑んでなんとか持ちこたえた。

体勢を立て直すと、敵意に溢れた眼差《まなざ》しと視線がぶつかった。

かちりと頭の中で音がした。理性のたがが外れる音だった。

「剛、逃げて！」

母の叫びに、剛はおたおたと身体を揺する。その滑稽さに、思わず笑いがこみ上げた。逃げようにも、二階へ戻れば追いつめられるだけだ。かといって目の前には身体の大きな大人が進路を塞いでいて、階段を下りることもできない。

細い手首を捕らえるのは、簡単だった。

「おれを騙そうとしやがって……おまえも結局、あの売女《ばいた》の血が流れてやがるんだな」

泣きじゃくる剛の髪の毛を摑み、耳もとに顔を寄せる。

「おまえが悪いんだからな、おまえが」

家族が戻ってくるのならば、すべてを赦すつもりだった。だがたとえ拒絶されたとしても、おめおめと引き返す気もなかった。

家族は渡さない。あの男から家族を奪ってやる。

おれひとり不幸にしておいて、おまえたちだけ幸せを摑むなんて許さない――。

もうポリタンクの灯油を使うしかない。家の周囲に灯油を撒き、かつて妻がプレゼントしてくれた思い出のジッポライターで火を点《つ》ける。そして家ごと燃やす。

すべてを、灰にする。

「あの世で家族、やり直そうな」

藤代にとって人生で何度目かの、心から笑えた瞬間だった。

9

横浜市保土ケ谷区、横浜市消防局。

巨大な無線塔が目印の通信司令センターでは、一当直につき司令課員十六名が、二十四時間体制で年間およそ十六万件もの一一九番通報に対応している。

五十型三十二面の巨大なスクリーンに向かって三列のデスクが並び、第一列には六台、第二列には四台の指令台が、それぞれ設置されている。最後尾の第三列にあるのは、大災害時に指揮機能を発揮する総合指令台だ。すべての指令台は、いくつものディスプレイによってV字型に取り囲まれている。その威容はさながら、人口三百七十万近い大都市の安全をつかさどる堅牢《けんろう》な要塞だ。

「火事ですか、救急ですか」

まず通報を受けるのは、第一列の指令台だ。

司令課員は動揺する通報者を落ち着かせながら情報を聞き出し、目の前のディスプレイを操作する。二〇〇三年に導入された指令システムにより、出場隊はコンピュータによって自動選別され、ディスプレイに表示される。ボタン一つで出場指令が出せる仕組みだ。そのため通報の大部分を占める救急出場の場合には、通報を受けた第一列の司令課員一人だけで事足りる。

しかし前方の大型スクリーンに情報が映し出され、待機していた司令課員たちが、第二列の指令台に集まり始めた。室内の空気が、にわかに慌ただしくなる。

火災出場だ。

「建物火災、第一出場。中区山手町三六八番地。出場隊、湊指揮一、湊二、山咲町一、浜方一、本牧根岸一……」

司令室に響く合成音声の出場指令は、同時に出場部隊が所属する各消防署所にも拡声される。五分以内に現着というのが、横浜市の定める消防隊の配置基準だ。司令課員が通報者からの聴取を続ける間にも、すでに各出場隊は赤色回転燈を点滅させ、サイレンを吹鳴しながら、時速八〇キロで現場へと急行している。

通報を受ける第一列の司令課員が書いたメモは画面上に取り込まれ、すべての指令台で同時に閲覧可能となる。そして第二列の司令課員が情報を整理・検討し、支援情報として出場隊の消防系無線に載せる。

インカムで通報者と通話していた司令課員の耳に、かすかなサイレンの音が届いた。みるみる大きくなって近づいてくる。

消防士たちの、火災との戦いが始まる。

10

浜方隊の水槽付ポンプ車が県道八二号線を疾走する。

「消防車通過します、消防車通過します」

サイレンと拡声による警告は、携帯電話片手にハンドルを握るドライバーの耳には届かなかったらしい。交差点を突っ切ろうとしたときに、対向車線から乗用車が右折で進入してきた。話に夢中なせいで、運転手は前方にまったく気を配っていない様子だ。

「おいっ、なにやってんだこら！　邪魔だ！　消防車通るっていってんだろっ」

助手席に陣取った山根の、サイレンアンプ越しの声が割れる。

ようやくドライバーが消防車の接近に気づいたようだ。フロントガラスの向こうに、あっ、と口を開いた蒼《あお》い顔が見えた。サイレンに甲高い制動音がかぶさる。

ぶつかる——！

蘭は後部座席右側でぎゅっと目を閉じ、身を固くした。急加速で背中がシートに押し付けられる。

肩が左右に大きく揺れた。鵜久森がハンドルを切ったらしい。

「危ねーなおい」

目を開けると、隣で永井が額を拭っていた。すでに乗用車は遥か後方だ。産業道路の乏しい街灯が、流れ星の勢いで視界をよぎっていく。

「あんなんに免許なんかやるなよ」

毒づく山根をよそに、ハンドルを握る鵜久森は無言で運転に集中していた。ベテラン機関員の腕に全幅の信頼を寄せる荒川も平然としたものだ。

「消防横浜から中区建物火災出場各隊。現場は山手町三六八番地、木造一戸建て家屋。なお本災害をこれより災害サンイチと呼称する。以上、消防横浜、十二分」

司令課からの支援情報が、断続的に車載無線機から流れてくる。「災害サンイチ」とは、湊消防署の所属する横浜市消防局第三方面における、今日一件目の火災ということだ。

「消防横浜から災害サンイチ出場各隊。緊急情報、緊急情報。警察からの連絡によると火災は炎上中。内部にマルニいる模様。マルニの人数は不明だがおそらく複数名。以上、消防横浜」

「マジかよ……」

支援情報に反応した永井が、硬い呟きを漏らした。

浜方出張所に出場指令の信号音が鳴り響いたのは、午前一時過ぎのことだった。隣家でいい争う声が聞こえるとの通報を受け、加賀町《かがちよう》警察署の制服警官二人が現場に向かったところ、炎を確認したという。

警察と消防は専用のホットラインで結ばれている。通報を受けた消防局司令課は、すぐさま中区にある五つの消防署所に第一出場を命じた。

横浜市消防局は災害の規模によって、第一出場から第五出場までを定めている。通常、一棟の建物火災では第一出場、二棟以上の炎上火災で第二出場というふうに出場部隊数が増えていく。第三出場以上となると、横浜市の全消防隊が出場する規模の大災害だ。

赤々と縁取られた街並みの輪郭から黒煙が立ち昇るのが見えた。夜空を不穏な色に染め上げている。現場が近づいてきたようだ。

司令課に報告しようと山根が送受話器を握ったとき、無線機から音声が響いた。

「消防横浜から災害サンイチ出場各隊。丘元町一、途上報告。黒煙確認。以上、消防横浜」

丘元町隊が現場に迫っているという情報に、鵜久森が舌打ちする。

現場の山手町三六八番地は浜方出張所の管轄だが、本署、山咲町出張所、丘元町出張所との管轄境界線に近い。直線距離にすると本牧根岸出張所からもそう遠くはなく、交通状況によってはどこが最先着になってもおかしくない場所だった。

「うちの」現場──昔かたぎの消防士ほど、そういう意識は強い。縄張りの災害現場で、よその隊の後塵《こうじん》を拝するわけにはいかないという思いが、鵜久森を苛立《いらだ》たせていた。

細い路地へと入り込んだ消防車は、黒煙を右手に見ながら山の手の住宅街を走る。騒ぎを聞きつけたらしい住民たちが、ちらほらと自宅から出ていた。

「おい、さっきのところ右折だろう！」

野次馬に警告を与えていた山根が、通過した四辻《よつつじ》を振り返った。無言を貫く鵜久森に代わって、答えたのは荒川だった。

「さっきの通りは路駐が多いんだ。おまけに途中から一方通行になる。一本先を右折したほうが、結果的に早い」

管轄区域を把握していない隊長代行を暗に非難する口ぶりだ。むっとして振り返ろうとした山根だったが、ぐうの音も出ない様子で押し黙った。

鵜久森がハンドルを右に切ると、赤々と燃える空が正面に見えてきた。

「やべえ……」

燃え盛る炎に目を細めた永井が、蘭を肘で小突く。

「びびんなよ、高柳」

笑顔の頬が痙攣していた。永井の虚勢を笑う気にはならない。蘭自身も、全身の皮膚から嫌な汗が染み出すのを感じていた。

「大丈夫」

蘭は唇を引き結んで、自らを奮い立たせた。

進路を塞いでいた野次馬の群れが割れる。火災現場の全貌が見えてきた。警察車両が停車しているが、消防の到着はまだのようだ。

「よっしゃ！　最先着だ」

ブレーキを踏んだ鵜久森が、出張所を出て以来、初めて言葉を発した。こぶしを握り、小さくガッツポーズをしている。

山根がＡＶＭの「現着」ボタンを押したのは、出場指令を受けてからわずか三分三十秒後のことだった。

「浜方一から消防横浜。浜方一、現着。建物南側直近部署。これより即消活動および人命検索に入る。なお火災は一棟炎上中。東側、西側の家屋に延焼の危険あり。どうぞ」

「湊指揮一から消防横浜。湊指揮一、活動命令。現在浜方隊が火点南側において即消活動実施中。丘元町隊は消火栓に部署し、浜方隊に中継せよ」

「部署」とは、「位置につく」という意味だ。つまり水槽付ポンプ車から放水する浜方隊のタンクが空になる前に、丘元町隊が消火栓を確保し、水を補給しろという命令だ。最先着隊である浜方隊は、最前線で炎と対峙《たいじ》するかたちになる。最先着を競うとはすなわち、もっとも危険な役割を奪い合うということだ。

真っ先に車を降りた山根が、警察車両のほうへと駆け出していった。隊長は警察や近隣住民から情報を収集し、災害の全貌を把握しなければならない。

鵜久森が格納部へと向かい、ほかの三人は面体を着装しながら車を降りる。

「なんか燃え方が、変……」

蘭は燃え盛る家屋を見上げ、立ちすくんだ。木造二階建ての家屋は一見すると完全に炎に包まれているが、どこか違和感があった。建物内部から出た火が時間をかけて外側まで及んだ火災とは、なにかが違う。

「おい、ボンクラッ、なにやってんだ！」

格納部から二重巻ホースを下ろしながら、永井が叫ぶ。木の爆《は》ぜる音と集まった野次馬の喧騒《けんそう》、それに幾重にも連なるサイレンで騒然となった現場では、互いに叫ばないと声が届かない。

「マルニ、いるんですよね！」

「だったらなんだ！　この状態じゃ助けになんて行けねえよ！　どうせ……」

どうせ死んでいる――。

いいかけた永井が、気まずそうに顔を背けた。

「早くしろっ、この役立たずが！」

大きく手招きをして、筒先を手に待ち受ける荒川のもとへと走り出す。蘭もその後を追った。

一戸建て建物火災の即消活動においては通常、五〇ミリホース二本での放水を行なう。ポンプ車に積んだ一五〇〇リットルもの水を使い切るまではわずか二、三分だ。

送口媒介によって二股に分かれたホースの筒先を握るのは、荒川と永井だった。

「なにやってんだ高柳、おれはいいから永井につけ！」

筒先補助につくと、荒川が手で追い払う仕草をした。筒先補助はねじれやたわみを直し、急激な水圧でホースがバーストするのを防ぎながら、筒先員を補助する役目だ。

「進入しましょう！」

蘭が炎上家屋を指差すと、荒川は驚いて二度見した。

「なにいってるんだ！　おまえ気でも狂ったか」

「要救助者がいます！」

「んなことわかってるよっ！　しかしこの状況じゃあどうにもならん！」

「燃えているのは外側だけです！」

「なにぃっ？」

「よく見てください！　これは建物内部からの出火とは違います！　外側から出た炎に、全体が包まれているんです！　内部はまだ、それほど燃えていないはずです！」

建物内部からの出火ならば、どこかに炎の通り道があるはずだった。しかしそれが見当たらない。窓も扉もすべて閉じられた状態で、おそらく出火からそれほど時間が経過してもいないのに、外側がここまで派手に炎上するのは奇妙だった。

荒川が炎を凝視する。

「たしかにおまえのいう通りかもしれんが、なんでそんなところから火がっ……」

「わかりません！　でも、いま進入すれば要救を救えるかも！」

そこへ山根が戻ってきた。永井の補助につきながら声を張り上げる。

「マルニの一人はマルスイだ！」

マルスイとは酩酊《めいてい》者、薬物中毒者のことだ。

「警察の呼びかけにも鍵を開けずに、家族は渡さないとかなんとか喚き散らしてたらしい！　説得しようと試みているうちに、突然火が出たって話だ！」

無理心中を目的とした放火——結論が出た。

行くぞ、と視線で蘭に告げた荒川が、山根を向いた。

「進入するっ！」

「なんだって？」

「いま入れば要救を救える！」

「無茶いうなっ」

「現場を見ろっ！　状況からしておそらく内部はまだそれほど燃えていない！　いま行けば、助けられるかもしれないんだっ！」

「おまえ、おれの命令に――」

「んなこといってる場合じゃねえだろっ！　人の命がかかってるんだ！」

こぶしを握り締めていた山根が、やがて頷いた。出場隊同士の連絡に使用する署系無線で、指揮本部に進入を伝える。

「横消浜方一、山根からマルホンどうぞ」

「こちらマルホンです。浜方一山根、どうぞ」

「これより隊員二名、内部進入の上、人命検索を実施します」

「高柳！　パック着装！」

蘭に指示を出しながら、荒川が空気呼吸器を素早く装着する。空気呼吸器の着装は繰り返し訓練していたが、やはりこの道十年以上のベテランの手際には遠く及ばない。

荒川から十秒ほど遅れて、着装を完了した。

ボンベを背負った蘭に一瞬なにかいいたそうな顔をした荒川だったが、ひとつ頷いただけで、視線を火災現場に戻した。

「行くぞ高柳っ！」

「はいっ」

「待て、荒川っ」

現場に向かって歩き出そうとする荒川を、山根が呼び止めた。

「無理だと思ったらすぐに引き返せ！」

普段はいがみ合う二人だが、共通の敵である炎を目の当たりにしたとたんに、固い連帯で結ばれる。それが消防士の性《さが》だ。

荒川は無言で親指を立てると、永井を向いた。

「しっかり援護注水、頼むぞ！」

「了解っす！」

腰に筒先を構えた永井が、炎を睨んでいる。

筒先を手に玄関付近まで走った荒川が、低く腰を落とす。蘭も荒川のすぐ背後で身構えた。

「放水、始めっ」

筒先から真っ直ぐに飛び出した水が、炎と激突した。

瞬時に気化した水蒸気が周囲に広がり、視界が一面白く染まる。荒川の筒先は玄関の扉付近を集中的に叩き、背後からは永井が、その周辺に広く放水していた。

やがて白煙の中で荒川が振り返り、大きく手を振った。それを合図に、永井の放水が逸《そ》れる。

「高柳！　鳶口《とびぐち》っ！」

「はいっ」

「扉を壊せっ！」

すっかり炭化して脆《もろ》くなった扉に、エンジンカッターは不要と判断したらしい。

蘭は鳶口を手に玄関までの三段のアプローチを駆け上がり、扉の横に立った。

「バックドラフトに気をつけろ！」

炎は酸素を餌に燃焼する。酸素を食い尽くして一酸化炭素が充満した密室空間に、急激に酸素が流入することによって起こる爆発的燃焼が、バックドラフトだ。

「わかってます！」

蘭は野球のバットを振る要領で、鳶口を思い切り扉に叩きつけた。炭化した扉は簡単に崩れ、流れ込んだ新鮮な酸素に、勢いを増した火炎が噴き出す。

蘭は素早く身を翻して炎の攻撃をかわした。火のそばにいるのに全身が冷える。

「もう一度だ！」

「はいっ！」

何度か繰り返すうちに、扉には大きな穴が開いた。荒川が手を突っ込み、内側から鍵を開ける。

扉を大きく開け放つと、黒煙の中を炎が這《は》い回っていた。

「よしっ、下がれっ」

荒川が歩み出て、筒先を上方に向ける。

「放水、始めっ」

まずはストレート放水で天井を叩き、落下物の危険を除去する。現場進入のセオリーだ。

ばらばらと焼け焦げた無数の木片が、大粒の雪のように降り注いだ。ひとしきり天井を叩くと、今度はノズルを噴霧に切り替え、火を包み込むようにして消火する。熱気を帯びた水蒸気が視界を塞ぎ、空気呼吸器をつけていても息苦しい。炎にあぶられたボンベから、熱い空気が喉に流れ込んでくる。

玄関を消火し終え、白煙が薄れていくと、そこには暗闇が横たわっていた。予想通り、内部はまだあまり燃えていないようだ。ただし家のあちこちに、泳ぐ炎が確認できる。

「灯油だな、こりゃ」

三和土《たたき》に足を踏み入れた荒川が、面体の中で鼻をひくつかせた。放水で濡《ぬ》れた天井からは、雨のように滴がしたたっている。

「時間がない、行くぞっ」

「はいっ」

土足のまま廊下に上がり、姿勢を低くして壁伝いに暗闇を歩いた。黒煙が立ち込めるせいで、携帯投光器で照らしても視界はほとんどない。ばちばちとショートする電線が、ストロボのように光を放っていた。

「誰かいますか！」

「誰か！　いたら返事をしてください！」

二人で声を張り上げながら、まずはキッチンらしき場所を人命検索した。返事はない。煙に虚《むな》しく呑み込まれる声に、暗い予感が募っていく。

「ここには誰もいません」

一刻でも早く——焦りが蘭の足を速め、荒川を追い抜かせていた。

「おい待てっ！」

「でも、早くしないと……」

荒川を振り切ろうとしたが、強く腕を引かれた。たたらを踏んだ瞬間に、目の前で天井が崩れ落ちる。へたり込んだ尻に、地鳴りのような振動が伝わった。

「要救増やすんじゃねえぞ！　しっかりおれの後ろについてろっ！」

荒川がストレートで天井に放水し、落下物を落としきった。炭化した瓦礫《がれき》の山を踏み越えていく。

「すっ、すいませんっ！」

蘭は慌てて立ち上がり、荒川の後を追った。ホースを補助する手が、漫画のように震えている。

階段ののぼり口に差しかかった。見上げるといちだん濃い黒煙の狭間に、荒れ狂う炎が確認できる。火と煙は上へ上へと昇る性質がある。蘭は要救助者が一階にいることを願いつつ、階段の脇を通過した。

しかし一階を検索し終えても、要救助者は発見されなかった。

二人は階段の下に戻り、階上を見上げた。一階よりもさらに濃い煙が立ちこめ、壁という壁を炎が舐《な》めている。

「くそっ、行くしかないかっ！」

荒川はこぶしで自分の面体を殴った。

「気合い入れろっ、高柳！」

「はいっ！」

蘭は荒川を追って、階段を駆け上がった。

左手の和室に入る。視界不良でよく見えないが、どうやら六畳間の和室と洋室の仕切りが取り払われ、一間に繋がっているようだ。

天井を叩く荒川を追って、慎重に進んだ。放水で湿った畳に、編上靴の底がふにゃふにゃとめり込む。

汗が目に入って、蘭はぎゅっと目をつぶった。目を閉じていようと開けていようと、なにも見えないことは変わらない。

そのはずだった——が、ふたたび目を開けた視界には、ちらりと肌の色が飛び込んできた。

面体の表面をグローブの手の平でこすり、じっと目を凝らす。

黒煙と水蒸気の白煙がうねる中に、やはり肌の色が見え隠れしていた。

人間の手だった。

「荒川さんっ！　要救一名発見！」

蘭が叫ぶと、荒川は弾《はじ》かれたように振り向いた。

「本当か」

「はい！　あそこに！」

今度は先走る真似はしない。要救助者の倒れている場所を指差し、荒川が歩く後ろについていく。

近づくと、それが男だとわかった。年齢は三十代半ばといったところだろうか。顔を横にして、うつ伏せに倒れている。

「おいっ、おいっ、聞こえるか」

荒川がしゃがみ込んで声をかけるが、男は反応しない。すると荒川はグローブを外し、男の首筋に手を触れた。

「自発呼吸！　まだ生きている！」

男を肩に担ぎ、助け起こそうとする。

そのとき蘭は、荒川たちの背後の床に横たわる、別の肌の色に気づいた。

「荒川さん！　まだいます！」

声に反応した荒川が振り向いて、安全をたしかめるように視線を動かした。

「高柳！　おまえに任せる！」

わずかに躊躇《ためら》いを覗かせながら、顎をしゃくる。さすがに二人を担いで脱出することはできないと判断したのだろう。

蘭は床を蹴って要救助者に駆け寄った。

「大丈夫……」

しゃがみ込もうと腰を屈めたところで、凍りついた。

要救助者はあと二人だった。三十代ぐらいの女と小学校低学年ぐらいの男児が、折り重なるように倒れている。二人ともロープで縛られて、身動きがとれない状態だったようだ。女はおそらく母親だろう。男児をかばうように、覆いかぶさっている。

蘭は先に救助された男の背中を睨んだ。しかし誰かを責めているような時間はない。

グローブを外し、母子の安否をたしかめた。

二人とも熱感はある。しかし母親のほうは、呼吸をしていなかった。

荒川に指示を求めようとした瞬間に、なにかが床に叩きつけられるような低い音が響き、地面が振動した。また天井の崩落が起きたのかと思ったが、違った。

うつ伏せに倒れた荒川が、頭を押さえている。その手前には救助されたはずの男が、自分の足で立っていた。意識が戻ったらしい。

「ってえな、なにしやがる！」

起き上がろうとする荒川の腹を、男が蹴り上げた。そこでようやく状況を理解した。どうやら荒川は、男に投げ飛ばされるか殴り倒されるかしたらしい。

「荒川さん！」

蘭は立ち上がるに立ち上がれない。呼吸停止状態の要救助者を放り出すわけにはいかなかった。早く外に連れ出して蘇生措置を行なわないと命が危ない。現段階で蘇生措置を実施したところで無事に息を吹き返すかどうかもわからないが、時間が経つごとに蘇生率が低くなるのはたしかだ。

「野村ぁっ、てめえには家族は渡さねえっ、ぶっ殺してやるっ」

男は意味不明なことを喚きながら、荒川を何度も足蹴にしている。錯乱しているようだ。しかし荒川も救助隊上がりの偉丈夫だ。男の脚を摑んで、引き倒した。そして荒川が飛びかかろうとしたそのとき、男が棒状の木片に手を伸ばすのが見えた。焼け落ちた柱の破片らしい。

「危ないっ！」

蘭が警告したときには、木片は荒川の肩に命中し、砕け散っていた。荒川が肩を押さえてもんどりうつ。

そして男が振り向いた。蘭のほうへ、いや、おそらくは意識を失った母子のもとへと、大股で歩いてくる。

「駄目っ、来ないでっ」

蘭は両手を広げ、男の進路を阻んだ。しかし歩みは止まらない。

「どけっ」

両手で押し退《の》けられ、蘭は二メートル近くも投げ飛ばされた。

「痛っ……」

うつ伏せに倒れた背中を空気呼吸器のボンベが圧迫し、酸っぱいものが喉もとまでこみ上げる。空気呼吸器を着装した面体の中で嘔吐すれば、窒息の恐れがある。蘭は床に両手をついて身体を起こしながら、頬に力をこめた。歯を食いしばり、逆流しようとする液体を胃の奥まで押し込む。

その瞬間、全身が沈み込むような感覚がした。

やばっ――。

膝がめりめりと畳に沈む。慌てて立ち上がり、地面を蹴った。その直後、背後で轟《ごう》音《おん》とともに床が抜け落ちた。崩落の衝撃で身体が一瞬、浮き上がり、ひんやりとした恐怖の筋が背中を滑る。夢中で手足を動かし、四つん這いで危険な場所から遠ざかった。

荒川はまだ、肩を押さえてうずくまっていた。

母子のそばに立った男が、腰を屈めようとしている。

蘭は身体ごと男にぶつかっていった。男の腰に手をまわし、必死にむしゃぶりつく。右に左にと振り回されても食らいついたが、肩口に肘を落とされて崩れ落ちた。

それでも起き上がろうと片膝を立てると、足が見えた。

ごん、と鈍い衝撃が脳を揺らす。

蘭は宙を舞い、床に背中を叩きつけられた。面体を蹴り上げられたのだ。

身体を横にして起き上がろうとしたが、手が空振りする。蘭が手をつこうとした場所には、崩落で出来た穴が、命を呑み込もうと大きく口を開いていた。

ぞっとしながら身体を逆にひねると、今度は荒川が男に飛びかかろうとしているのが見えた。

雄たけびを上げながら突進した荒川が、男を弾き飛ばす。

しかし捨て身の攻撃も、効果は薄かった。男はなにごともなかったかのように立ち上がり、荒川と揉み合いを始めた。覚醒剤で痛覚が麻痺《まひ》しているのだ。

身長は男のほうが高いが、体格では荒川のほうが勝っている。

しかし荒川は消防士だ。要救助者に手を上げるわけにはいかず、ボクシングのクリンチのように、抱きつくしかなかった。手を離せば男が暴れ出す、しかしこのままでは全員が焼死するのを待つだけ、という八方塞がりの状況だ。一刻も早く手を打たないと、意識不明の母子は確実に命を落とすことになる。

どうすればいいの……どうすれば――。

ふと見ると、目の前にはホースが横たわっていた。激しく水を噴き出し続けている。

これだ――！

蘭はとっさに身体を起こし、膝立ちになった。ホースを手繰り寄せ、筒先を腰に構える。

「荒川さん！　どいてっ！」

声に反応して、荒川が振り向いた。筒先を構える蘭を見て、なにをしようとしているのか悟ったらしい。素早い動きで飛びのく。

蘭はノズルをひねってストレートにし、最大水量の放水を男に向けた。

「食らえっ」

ホースが水圧でのたうち、照準が定まらない。しかし肘を床につけてほとんど寝転ぶような格好になると、なんとか筒先を固定できた。男の胸あたりに、ストレートの放水を集中させる。

男が両手を払う仕草で喘ぎながら、じりじりと後退を始めた。

「いいぞ、高柳！」

飛びのいた場所から立ち上がりながら、荒川が声援を送る。

やがて男を窓際まで押し込んだ。カーテンの焼け落ちた磨《す》りガラスの向こうに、赤色燈の光が連なっている。中区各署所の消防隊が、続々と到着しているようだ。

「要救を！　早くっ！」

蘭は暴れる筒先を両手で抱き締めながら、叫んだ。

「おおっ、わかった！」

荒川にとっては女性一人と子供一人なら軽いものだ。それぞれを肩に担ぎ、ホースを踏み越えて階段のほうへと向かう。

「すぐに助けに戻るからな！」

振り向いた荒川の顔が、強張った。
男が背中から窓を突き破り、外に飛び出すのが見えたからだった。

第二出場

1

完全鎮火報告がなされたのは、出火からおよそ一時間後のことだった。

火が消えたとしても、消防士の姿が現場から消えることはない。二時間ごとに隊単位で交代しながら、再燃警戒にあたる。もちろん再出火を防ぐためだが、実際には近隣住民を安心させる目的のほうが大きい。火災の恐怖を目の当たりにした近隣住民は、水蒸気を煙と見間違えて一一九番通報するほど神経質になる。

いったん帰所した浜方隊は、本牧根岸隊から引き継ぐかたちで再燃警戒についた。すでに空はうっすらと明るくなり始めている。当直明けで帰宅する隊員たちが、非番日を布団の中で過ごすことになるのは間違いない。

現場となった家屋は全体が黒く染まり、朝靄《あさもや》に煙《けぶ》る住宅街の中でそこだけ殺伐とした雰囲気だった。なんとか延焼を防ぐことはできたが、もはやこの家は建て替える以外にない。木造家屋は一度出火してしまえば火の回りが早く、そう簡単に消し止めることはできない。

投光器が照らす光の中をうごめく人影は、火災調査を担当する本署の予防課だった。原因は灯油を撒いての放火とはっきりしているが、資料収集のために現場調査を続けているようだ。

「ちょっとそこらへん、歩いてきていいっすか」

後部座席の永井が、おもむろに腰を浮かせた。目が真っ赤に充血している。再燃警戒といってもただそこにいるだけで、とくにやることもない。消火活動で肉体を酷使した上にこの時間だ。眠気を我慢できなくなったらしい。

「おう、行ってきな」

腕組みで舟を漕ぐ山根に代わり、鵜久森が答えた。その鵜久森自身もハンドルにもたれ、眠そうにしている。

「ちょっと、前いいか」

永井が蘭に手刀を立てた。後部座席真ん中に座った永井が車を降りるには、窓際に座った蘭の前を通過しなければならない。いつもは肩で押されたり二の腕を小突かれたりして押し出されるのだが、どうやらそういう元気も残っていないようだ。

「あ……じゃあ、私も外に」

蘭は扉を開き、腰をずらした。

「いいよおめえは。休んでろ」

永井が珍しく気遣いの言葉を口にした。

「でも、じっとしていると寝ちゃいそうだから」

「寝たら寝たでいいだろ。なんかあったら起こしてやっからよ、ねえ」

鵜久森と荒川に同意を求める。

「そうだな、今日ぐらいお嬢ちゃんを甘やかしてやんないとな」

「うん、さすがに疲れただろう。高柳、眠ってもいいぞ」

「そういうわけにはいきませんよ」

蘭は消防車から飛び降りた。永井もだるそうに車を降りてくる。

「せっかくみんながいってくれてんだから、甘えとけってんだよ。こんなこと、二度とねえかもしんないんだぞ」

二の腕を小突く力も、いつもより弱い。

永井は大きく伸びをして、現場のほうに歩いて行こうとする。その背中に蘭は訊いた。

「なにか飲みますか。私、ジュースでも買って来ますよ」

「じゃあおれ、ライフガード」

「えっ、そこの自販機に買いに行こうと思ってたんですけど……」

ライフガードが入った自動販売機なんてほとんど見たことがない。反射的に無理難題を突きつけるところは、やはり永井だ。

「ならなんでもいいや」

ひらひらと揺れる手が、「あ」と動きを止めた。

「しっかし、あれにはびっくりしたぜ」

今度は愉快げに肩を揺すり始める。窓を突き破って外に飛び出し、屋根を転がり落ちた男のことを思い出したらしい。

マルスイであれ犯罪者であれ、要救助者には違いない。放水の水圧で要救助者を二階から転落させた蘭の行動は、本来ならば大問題に発展するところだった。そうならなかったのは、その場に居合わせた消防士全員が、口裏を合わせてくれたからだ。酩酊状態にあった男が誤って窓を突き破り、転落したということになっている。

「いや、おもしろいもん見せてもらったわ」

永井は忍び笑いで歩き去っていった。

「なにか飲みますか」

蘭は車内に残った隊員たちにも訊いた。

「おれはブラックのコーヒー、ホット」

鵜久森が首の後ろを揉みながら答える。

「おれは……」

荒川は一瞬虚空に視線を留めた後、「一緒に行くか」と扉を開いた。

「いや、いいですよ。私、買ってきますから」

「いいんだ、自分で選びたいからな。ウクさん、高柳とちょっと散歩してきていいかな」

「あいよ、ごゆっくり」

鵜久森が背後に向けて小さく手を振る。

「えっ……」

自動販売機はすぐそこに見えている。とても散歩という距離ではない。

「いいから行ってきなって」

運転席から出てきた手に追い払われる。

「行くぞ、高柳」

すでに荒川は、ベルトをずり上げながら歩き出していた。

2

荒川が向かったのは、一つ路地を曲がったところにある自動販売機だった。現場付近にある自動販売機と同じメーカーで、ディスプレイされたジュースの銘柄も変わり映えしないように見える。

「なんにするよ」

荒川が前を開けた防火衣の胸もとに手を突っ込み、活動服のポケットを探る。

「ジュース代ぐらい自分で出しますよ」

「いいんだよ、今日はおまえに助けられたんだ。ジュースぐらいで済むんなら安いもんさ」

「助けたなんて、そんな……」

「なんにする」

「じゃあ……ミルクティーで」

「アイスとホット、どっちだ」

「ホットで」

荒川は自動販売機に硬貨を投入し、ミルクティーのボタンを押した。がたん、と吐き出された缶を蘭に手渡し、自らはコーヒーのボタンを押した。

「気になってんだろ」

荒川が活動服から煙草のパッケージを取り出す。パッケージは封を切らず、ビニールにライターの火で溶かした一本ぶんの穴が開いている。水浸しになる現場で煙草が濡れるのを防ぐための、いわゆる「消防開け」だ。

「なにがですか」

蘭は缶のプルタブを倒し、ミルクティーを一口啜った。

荒川が煙草に火を点け、唇の端からゆっくりと煙を吐き出す。

「呼吸停止していた、あの要救だよ」

火災現場で子供を守るように倒れていた女のことだ。救急搬送されたところまでは知っている。しかしその後どの病院に向かったのか、最終的に一命をとりとめたのかまでは知る由もない。災害現場から要救助者を助け出せば、消防士の役目はそこで終わりだ。

「亡くなったらしい……結局、戻らなかったんだ」

「そうですか……」

平静を装おうとしたが、声が沈んだ。要救助者への感情移入は禁物だと初任科でも教わったが、そう簡単には割り切れない。

「因果な商売だよな。あの家に火ぃ点けたヤク中は、軽傷で済んだっていうのに」

自らが二児の父である荒川にとっても、複雑な心境だろう。

「子供のほうは……」

「そっちは無事だ。意識が戻ったらしい。母親の下敷きになって、ずっと頭が低い位置にあったおかげだろうな。母親が守り通したんだ」

「よかった」

「よかった……かあ」

遠い目で紫煙を吐き出す。

自分を殺そうとした実の父は生き残り、自分を守ろうとして母は死んだ。そしてこれからは義父と二人で生きていくことになる。生き残った子供のことを思うと、たしかに素直に「よかった」とはいえない。

「とにかく、おまえはよくやったよ。長いことこの仕事やってると、救えなくて当たり前、みたいな諦めが出てきちまうんだ。そんなつもりはなくてもさ、何度も何度もマルヨンと対面してるうちに、いつの間にかそうなっちまう。がっかりするのが嫌なもんだから、最初から期待しなくなっちまうんだな。だから現場見た瞬間に、ああ、こりゃもう駄目だな……ってよ」

荒川はうつむき、自戒の苦笑を漏らした。二年目の新人消防士に進言されるまで、現場に進入する可能性を探ることとすらしなかった自分を恥じているらしい。

「おまえ、良い消防士になると思うぜ、きっとな」

「荒川さん……」

「そのまんまでいろよ、高柳」

咥え煙草で、肩をぽんと叩かれた。

「ところで――」

煙に目をしばたたかせながら、荒川が話題を変えた。

「おまえどうして、今日は自分のパックを使わなかった」

腫れぼったい厚い瞼に覆われた瞳が輝く。

「また……残圧が落ちてたのか」

荒川は気づいていたらしい。蘭は無言で頷いた。

「点検は」

「夕食後に一度やりました」

「だよな。五十嵐さんにあんなにきつくいわれて、手抜きするはずがないよな……じゃあ、どうして報告しない」

「それは……」

いいよどむ蘭を、荒川が先回りした。

「内部の誰かがやった……と思ったからだな」

すべてお見通しのようだ。

しっかり点検しているから、故障は考えられない。となると誰かが故意に、空気呼吸器から空気を抜いたことになる。外部からの侵入者という可能性も、考えはした。消防マニアが装備を盗み出すという事件は、頻繁というほどでもないがけっして珍しいことでもない。だから、ただの悪戯かもしれない。できればそう納得したかった。

だが蘭の空気呼吸器だけが続けて悪戯されるというのは、明らかに不自然だった。

ほかの空気呼吸器は男性隊員が共用しているが、蘭だけは自分専用の物を使用している。犯人は空気を抜かれて困るのは蘭だと、わかっているようにも思えた。そういう内部事情に通じているのはつまり、消防局の職員ということだ。そして職員ならば、空気呼吸器の空気を抜くという行為が、たんなる悪戯で済まされないことも理解しているはずだった。

現場進入前に異変に気づけばいいが、日常的に点検を繰り返しているからこそ、現場であらためて点検することはないし、そもそも一刻を争う現場では、そんなことをしている時間もない。残圧が低下していることに気づかず、現場に進入してしまう可能性は低くない。完全に空気を抜き切らず、残圧警報ベルが鳴らない程度で留めているところにも悪意を感じた。

つまり犯人は、蘭が残圧の低い空気呼吸器を着装して、火災現場に進入することを狙っていた。そして万が一、蘭が死んでしまってもかまわないと考えた。

もっといえば、蘭を殺そうとしていた――。

「そう思いたくはないんです……」

蘭はうつむき、かぶりを振った。

「たしかにな、気持ちはわかる」

「やっぱり、たんに故障しているだけなのかも」

無理やりひねり出した楽観は、荒川に一蹴された。

「いいや、それはないな。残念ながら」

しかめた顔が左右にゆっくりと動く。

「実は、出張所《しょ》に戻った後で、おれも一度おまえのパックを点検してみたんだ、現場でおまえが自分のパックを使わなかったことに気づいたからな。よく調べてみたが、やはりパック自体が故障しているということはなかった。あの状態で、しかも毎日点検しているっていうのに、圧力指示計があの数値ってことは、誰かがエアーを抜いているとしか考えられない」

「そうですか……そうですよね」

命を狙われているという恐怖より、そこまで誰かに恨まれているという悲しみのほうが強かった。それほどの憎悪を向けてくる相手に、自分はいったいなにをしたのだろう。

「とにかく……事情はわかった。おおっぴらに誰かを疑うわけにはいかないが、おれはおれで注意して見てみるから。おまえは……」

荒川が煙草を携帯灰皿に放り込む。

「おまえは、じゅうぶんに気をつけろ」

そんな助言しかできないことが不本意だという感じで、袋タイプの携帯灰皿を握り潰すように火を消した。

「わかりました」

「話はそれだけだ……さて、みんなにも飲み物買って戻らないとな」

荒川は気を取り直すようにいって、自動販売機に向かった。

「たしかウクさんは、ブラックのコーヒーだったよな」

硬貨を投入し、赤いランプが灯《とも》るボタンの列に指先を彷徨わせる。そのうちの一つを押した。

「あっ……」

落ち着きを装う荒川も実は相当に動揺していることを、そのとき蘭は知った。

自動販売機の取り出し口に吐き出されたのは、ココアだった。

3

それからは疑心暗鬼の薄い膜に包まれたような日々だった。

表面上は淡々と業務をこなし、同僚にもいつも通りに接してはいるが、やはり空気呼吸器の一件が頭から離れない。怒鳴られるのはいつものことなのに、誰かに叱られると、相手が自分のことを殺したいほど憎んでいるのではないか、空気呼吸器から空気を抜いた犯人ではないかと疑ってしまう。

以前よりも入念に点検を行なうようには心がけた。しかし出場指令の信号が鳴ると、息が詰まる感覚に陥るようにもなった。それまで出場の際に感じていたのとは、まったく種類の異なる緊張だった。気負い過ぎて、全身に余分な力が入ってしまう。

そんな状態では良い働きができるわけもなく、仕事でミスをすることも増えた。そうなると怒鳴られる機会も増える。きつく叱責されると、相手のことが疑わしく思えて、さらに動きがぎくしゃくとなる。悪循環だった。

荒川はひそかに犯人捜しをしてくれているようだ。だがそもそも、新たになにかが起こらない状況では、できることは限られている。せいぜい同僚の様子を、注意深く観察するぐらいだ。蘭が一人になるタイミングを見計らっては、「どうだ」と進捗状況を訊いてくるが、互いにかぶりを振り合うのがお決まりのやりとりになった。

もしかして、空気呼吸器の残圧低下を看破し、相談に乗る素振りを見せたのは、自分が疑われないためのカムフラージュだったのか。

実は荒川こそが犯人ではないか――。

そんな可能性まで頭をよぎってしまうのだから、気が休まるわけがない。

最近では助勤の予定が入ると安堵するようになった。助勤で他署所に赴くと、経験の浅い隊員だろうとお客様扱いされる。雑用を申し付けられることも、負担の重い仕事を任されることもない。それを以前は身の置きどころがないと捉えていたが、今は気楽だと思える。お客様扱いする程度に距離を置く相手を、殺したいほど恨む理由など、あるはずがないからだ。

その日は助勤ではなかったものの、少しだけ心強かった。同期の救急隊員・戸村美《とむらみ》樹《き》が、湊消防署本署から、浜方救急隊の助勤に入っていたからだ。消防学校時代から仲が良かった美樹とは休日によく食事をしたり、買い物に出かけている。

夕食の支度をしていると、美樹が厨房《ちゅうぼう》に入ってきた。

「お疲れ、蘭」

太っているわけではないのに、そこだけ肉付きのいい頰をさらに膨らませて微笑む。実際より太って見られると本人にはコンプレックスのようだが、蘭にとっては、心が和む人懐こい笑顔だった。

美樹は盆にいくつものマグカップや湯飲みを載せていた。

「あら、ありがとう、美樹。私がやったのに」

蘭は手にしたおたまで、ぐつぐつと煮える巨大な鍋をかき混ぜている。

「ううん、いいの。座ってていいよとかいわれても、なんか落ち着かなくって」

かぶりを振るのに合わせて、後ろでまとめたポニーテイルの髪の束が揺れる。どうやら美樹も、自分の隊では雑用を一手に引き受けているようだ。食器類を流しに置き、洗剤のボトルを手にする動きがよどみない。

「いいってば、助勤さんなんだから。それに、いま帰ってきたばかりでしょう」

消防隊は一度も出動しない日も多いが、救急隊はそうはいかない。中区の火災出動、年間およそ九十件にたいし、救急出動はおよそ一万三千件だ。帰所する間もなく、一日じゅう管内を奔走することになる。

「そうはいっても、困ったことに身体が勝手に動いちゃうんだよね」

肩をすくめて舌をちろりと覗かせると、美樹はそそくさと食器を洗い始めた。

「今日の晩ご飯は？」

顎を突き出し、鍋の中を覗き込んでくる。

「ラーメンでぇす」

蘭が持ち上げたおたまには、ぶつ切りにした鶏がらが載っていた。鍋には鶏がらのほか、長ネギや生姜《しょうが》、林檎《りんご》などが熱湯に躍っている。無駄に肥えた消防士の舌は、粉末の鶏がらスープなどでは満足させられない。

「あと餃子《ギョウザ》も」

巨大なボウルの中には挽《ひ》き肉、ニラ、キャベツ、ニンニク、椎茸《しいたけ》をこねた巨大な具の塊があった。

「お、いいねえ。美味しそう。こりゃ楽しみ楽しみ」

食べることが人生最大の楽しみといってはばからない美樹は、心底嬉しそうに頬を膨らませた。

「救急隊は、いつ食べられるかわかんないけど」

「たしかにそりゃそうだ。ほとんど出ずっぱりだもんね。出場した先にラーメン屋とかあると、ここで食べて帰りましょうとかいいたくなるよ」

消防署所が食事をほとんど自炊でまかなうのには、不測の出場に備えるという建前とともに、市民の目を気にして神経質になっているという本音がある。活動服姿の職員がスーパーやコンビニで買い物しているだけで、仕事をサボっていると受け取られるらしい。以前は体力練成として取り入れられていたバドミントンも、消防士が仕事中に遊んでいるという市民からの苦情で取り止めになったと聞いた。税金で働く公務員にたいして、市民の監視は厳し過ぎるほどに厳しい。

「ところでところで」

美樹が肩を揺らし、歌うように節をつける。

「なによ、ずいぶん楽しそうじゃん」

蘭が肘で小突く真似をすると、「そんなことないけど」とにんまりした。

「蘭さ、同期の原《はら》さんって、覚えてる？」

「うん、もちろん。あの小っちゃくってかわいい子だよね」

原翔子《しょうこ》。ショートカットで小柄で、笑うと覗く大きな前歯が小動物のような、おそらく男から見たら守ってあげたくなるタイプだ。以前に同期会で顔を合わせたときには、たしか本署の人事課に配属されたと聞いた。

「原さんが、どうかしたの」

「最近、彼氏ができたらしいって」

「ふうん、そうなんだ。良かったじゃん」

そうはいったものの、翔子とは親しいわけでもないので、なんの感情も湧いてこない。もっと身近な話題を期待したのにと、内心がっかりした。

「それがさ……相手は、誰だと思う」

美樹は上目遣いに、たっぷりの好奇を滲ませた。明るくて思いやりがあって、蘭にとっては大切な友人だが、とにかく噂話好きで口が軽いのが珠《たま》に瑕《きず》だ。空気呼吸器の一件も、とてもじゃないが美樹には相談できない。

「え、誰……」

想像もつくはずがない。そもそも原翔子とは、携帯番号すら交換していなかった。

それでも美樹の目の輝きからすると、相手の男のことは蘭も知っているのだろう。

食器を洗い終えた美樹がタオルで手を拭き、ちょっとちょっとと手招きする。誘われるままに顔を寄せると、耳もとで囁き声がした。

「小野瀬大樹」

「えっ、マジで。小野瀬と――」

思わず声を上げてしまい、口を塞がれた。

「駄目だよ。内緒で付き合ってるみたいなんだから、誰にもいっちゃ駄目」

唇に人差し指を立てる美樹に、頷く。

「びっくりだよね、あの二人がさ」

「なんで内緒で付き合っているのに、美樹が知ってるのよ」

いつもながら親友の耳ざとさには、驚きを通り越して呆れてしまう。

美樹の舌は滑らかに回転した。

「それが……人事課に仲のいい先輩がいるんだけどさ、仲がいいっていっても、廊下とかで会ったらちょっと話す程度なんだけどね。その人が小野瀬のこと、気に入ってたんだ。それで飲み会のとき、小野瀬にコクッちゃおうかなみたいなことを冗談でいったら、その場にいた原さんから、ごめんなさい、私が小野瀬くんと付き合っています、とか耳打ちされたんだって。でも、小野瀬が隊の先輩に目を付けられちゃうとかわいそうだから、誰にもいわないでって頼まれたらしいのよ。だから、内緒なの」

「ぜんぜん内緒話になってないじゃない。駄目でしょ、美樹」

「知らないよ、そんなの。先輩が勝手に打ち明けてきたんだから、先輩に文句いってよね」

「だからって、美樹が私に漏らしちゃ駄目じゃん」

「そりゃまあ……そうかも、しんないけど」

美樹はいったん不満そうに口をすぼめたが、すぐに開き直った。

「でもさ、隠すようなことでもないじゃん。堂々としてればいいんだよ。幸せなんだし」

胸を張る救急隊員の同期に、蘭はひらひらと手を振る。

「そんな正論が通用しないのわかってるでしょ、うちのカイシャじゃ」

二人が交際を隠したい気持ちも、わからないではなかった。

噂話好きなのは女だけだと思っていたが、そうでもないらしい。交友関係が狭くなりがちで、しかも互いの関係が密になる消防署所では、つねにその場にいない誰かの悪口が飛び交っている。入局二年目の新人同士の職場恋愛となると、どんなふうにいわれるかわかったものではない。

「小野瀬とは、その話したの」

蘭は訊いた。本署救急隊勤務の美樹は、小野瀬と顔を合わせる機会も多いはずだった。

「いや、なかなか切り出せなくってさ。救急は忙しいからなんだかんだで出場ばっかしてるし。そもそもそういう話しているところを、先輩とかに聞かれたらまずいじゃん」

「じゃあ、そのままそっとしておいてあげなよ。いいたくなったら、自分からいうだろうし」

ぎこちない頷き。納得していないらしい。

「そういえば、今度の同期会、蘭も来るでしょう」

唐突な話題転換から企みがあからさまに透けてしまうのが、憎めないところだ。美樹はおそらく、小野瀬と原翔子のツーショットを期待している。

「うん、行こうかな」

他人の色恋に首を突っ込むつもりはないが、空気呼吸器の一件以来、気が滅入りがちだ。同期たちと飲んで騒げば、少しは憂さ晴らしになるかもしれない。

そのとき、救急出場指令の信号が響き渡った。さっき帰所したばかりなのに、また出場のようだ。

「あらら」

美樹が動きを止め、拡声の内容に聞き耳を立てる。

「じゃあ、行くから」

蘭の腕に軽く触れた後で、背を向けた。

「いってらっしゃい」

手を振って送り出したが、その直後、美樹は弾かれたように振り返った。

なにかいい残したことがあるらしい。やたらと真剣な目つきだ。

「どうしたの……美樹」

親友の深刻な表情に、不安が広がる。

「今度、ウェスティンホテルのケーキバイキング行こうね！」

美樹は早口でいい残して、厨房を飛び出していく。

場違い過ぎるその台詞に、蘭はしばらく開いた口が塞がらなかった。

4

その夜、寝室の布団の中で携帯電話をいじっているとき、蘭は物音に気づいた。

うつ伏せになったまま動きを止め、耳を澄ます。

最初は救急出場かと思った。出場の多い救急隊は消防隊とは寝室が別になっており、深夜の救急出場の際には、救急隊の寝室しか照明が点灯しない。

だが、違うようだ。足音は一つだけで、しかも出場のときのような慌ただしい雰囲気もない。

蘭はベッドを抜け出して、足音を立てないようにそろりと部屋を横切り、扉に耳をあてた。

廊下を歩く足音が、階段を下りていく。事務所へと向かっているらしい。

不穏な予感に呼吸が速まり、息苦しくなる。胸にあてた手の平を、ばくばくと激しい鼓動が押し返した。握ったノブの感触が、いつもより硬く、冷たい。

扉を開いて、廊下に出た。階段の上から、煌々《こうこう》とした事務所の灯りを見下ろす。

壁に手をつき、一段ずつ踏み締めるように階段を下りた。足を前に出すごとに、息の震えが大きくなる。

事務所には、誰もいなかった。だが、誰もいないはずはない。たしかに足音を聞いた。

デスクの間を縫って、ガレージのほうへと歩く。

ガレージの扉の前に立ち、深呼吸をした。この扉の向こうに、犯人がいる。そしてその人物は、蘭と日々、顔を合わせている同僚のうちの誰かだ。

意を決してノブを握り締めた、そのときだった。

視界の端に人影がよぎった。

ガレージではない。所舎の外だ。

蘭は床を蹴って、出入り口の扉を開いた。そのままの勢いで外に飛び出す。

「うわっ、びっくりしたっ」

背後で声がした。

振り返ると、永井が立っていた。

「なんなんだよ、いきなり」

怯えた表情をしていた永井の視線が、気まずさをごまかすように尖る。

蘭は眼差しに力をこめながら、歩み寄った。

「ここで、なにやってるんですか……」

足を肩幅に開いて立ち、永井の目を見つめる。見つめるというより、睨んでいた。

「なにいってんだよ、おめえは」

不快げに歪んでいた表情が、蘭の全身から発散される怒気に気圧《けお》され、やがて強張る。

「こんな時間にこんな場所で、なにやってるんですかって、訊いているんです」

問い詰めると、永井はむっとしながら吐き捨てた。

「友達と電話してんだよ！　ったく……そんなことまで、なんでおめえに説明しなきゃなんねえんだ」

ふと視線を落とすと、たしかに永井の左手には、携帯電話が握られていた。

「あ、悪い。なんか後輩がいきなり出てきたからさ……びっくりしちゃって。うん……そうなんだよ、ほんと使えないやつでさあ……参っちゃうよ」

耳に電話をあてた永井が、相手に事情を説明している。音声も漏れ聞こえてくるので、電話をしているふりではないようだ。

永井はちらちらと睨みながら、あっちに行けと手を払った。

蘭は事務所に戻り、いったん寝室に向かおうとした。しかしどうしても気になって、ガレージの扉に爪先を向けた。やはり確認しておかないと気が済まない。

外を見ると、電話をする永井と目が合った。怪訝そうに目を細めている。深夜になぜガレージに用があるのかと訝《いぶか》っているだけにも、犯行がばれたらどうしようと怯えているようにも見えた。

蘭はガレージの扉を開いた。

消防車の格納部を開き、自分の空気呼吸器を引きずりおろす。

圧力指示計の針は満タンを指していた。全身から力が抜ける。

寝室に戻り、布団に入った。目を閉じてみたが、眠れない。

その日は起床時刻になるまで、蘭の意識が途切れることはなかった。

「浜方一から消防横浜。浜方一、現着。建物西側直近部署。これより即消活動および人命検索に入る。なお火災は一棟炎上中。北、南、東、三方の家屋に延焼の危険あり。どうぞ」

5

炎上家屋の前に停車すると、五十嵐が消防系無線で現着報告を行なった。

深夜三時二十二分。本牧原《ほんもくはら》のアパートの一室から火の手が上がっているのを隣家の住人が発見し、一一九番通報をした。司令課がすぐさま中区消防署所各隊に第一出場を命じ、浜方隊が最先着したのは、出場指令を受けてから三分後のことだった。野次馬の喧騒を、警察官の警笛が切り裂いている。遠くから後着隊のサイレンが近づいていた。

五十嵐が情報収集に飛び出していき、荒川と江草が筒先を手にした。蘭はホースを消防車側面の放口に連結し、筒先補助に向かう。

「放水、始めっ」

荒川の掛け声を合図に、鵜久森が放水口のレバーを倒した。膨らんだホースを水流が走り、飛び出し、炎に突入する。二本の放物線が、火源となっているアパートの二階部分に向けられた。

蘭は江草の筒先補助としてホースを支えていた。

ふいに立ちくらみがして、がくんと膝を落とす。

「どうした、高柳」

江草が怪訝そうに振り向いた。補助員の力が緩んだのに気づいたらしい。

「すいません、なんでもありません」

蘭はかぶりを振って、足の裏に力をこめ直した。

このところ、床についても熟睡できない。ちょっとした物音で目を覚ましてしまう。廊下で足音が聞こえると、その足音がどこに向かっているのかを確認せずにはいられない。自宅に帰ってから睡眠を補ってはいるが、じわじわと疲労が蓄積しているらしい。

五十嵐が情報収集から戻ってきた。

「現場家屋にはマルサンが居住している！　脚が不自由な老人男性らしい。内部進入して人命検索を実施する！」

「了解！」

荒川、江草、蘭がいっせいに応じる。

「江草、それに――」

五十嵐が江草のほうを向き、そして江草の筒先補助につく蘭を見た。が、視線は頷く準備をしていた蘭を、素通りした。

「荒川、パック着装だ!」

「えっ」

驚きの声を上げたのは荒川だった。蘭のほうは、衝撃が大き過ぎて声すら出ない。

通常なら一方の筒先員を残して、筒先員と筒先補助員に進入を命じるはずだ。なのに五十嵐は、あえて筒先員である荒川と江草に、進入を命じた。

「江草、筒先替わる!」

五十嵐が筒先に手を添えると、江草が人命検索用の資機材を取りに、消防車まで走り出した。

荒川は面体の中で目を丸くしながら、立ち尽くしていた。蘭は五十嵐の筒先を補助してはいるが、ホースに添えた手には力が入っていない。

「なにをぼさっとしているんだ! 早くしろっ!」

五十嵐に叱責されて、荒川が全身を波打たせた。慌ただしく空気呼吸器の着装を開始する。

「高柳、ホース延長だ!」

五十嵐の背中が、蘭に命令する。

「高柳っ！　早くしろっ」

振り返りながら怒鳴られて、蘭はようやく我に返った。消防車に向かって走り出す。格納部から下ろした延長ホースを先ほどまで荒川が握っていたホースに連結させ、火災室の玄関の直下、一階部分まで筒先を延ばした。

荒川と江草の二人は、すでに外階段を駆け上がって火源のそばに到達している。火災室前の通路から、江草がロープを垂らした。蘭は下でロープを受け取り、筒先に括《くく》りつける。

するするとホースが引き上げられていく。

通路の手すりから荒川が身を乗り出し、手を伸ばす。その手に筒先が渡るのを確認してから、蘭は五十嵐の筒先補助へと戻った。

身体はしぜんに動く。しかし心は完全にかき乱され、浮き足立っていた。

なぜ五十嵐は、自分に内部進入を命じなかったのか。不可解な任務分担の意味するところは、なんなのか。

消防士失格、消防士失格……消防士、失格――。

「江草、行くぞ！」

「はいっ」

内部進入を試みる荒川と江草の後ろ姿を見守りながら、蘭の頭の中では疑問と冷たい宣告が渦を巻き、反響し続けていた。

6

目覚めたのは夕方だった。

自室の扉を開くと、廊下にはクリームシチューの匂いが漂っている。

「あら、いま起きたの。おはよう」

寝癖の髪をかきながらキッチンに入ると、鍋に向かう母が振り向いた。

「おはよ……なんて時間じゃないよね、もう」

蘭は大きな欠伸をしながら、食卓につく。

「お母さん、今日はもう仕事終わり？」

保険外交員をしている母は、昼間に在宅していることが多い代わりに、夜は頻繁に家を空ける。顧客の生活サイクルに合わせて、指定された時刻に相手の家を訪問するためだ。

「うん、ひとまずは。八時にお客さんと約束しているから、また出るけどね」

母は水切り籠からグラスを取り出し、水道の水を注《つ》いで、蘭の前に置いた。

「ありがと」

「どういたしまして」

グラスを傾け、水を半分ほど飲み干した。帰宅してからずっと眠っていたせいで、身体が渇いていたらしい。冷たい感触が隅々まで行き渡るのがわかる。

「お母さんの仕事も大変だね」

「消防士さんに比べたら、たいしたことないわよ」

深皿にシチューをよそいながら、意地悪な笑顔が振り向いた。さすがに激しい衝突をすることは減ったものの、それでもいまだに、娘が消防士を続けることを快く思っていないらしい。

「最近、出場が多いの？」

「出動」ではなく、「出場」という言葉を使うところなどは、さすが元消防士の妻だ。

「どうして」

「最近、非番日には一日寝てることが多いじゃない。火災期も過ぎたから、そろそろ落ち着いてくるころでしょうに。どうしてそんなに疲れてるのかと思って」

「それってひょっとして、昼間っからごろごろしてる娘への皮肉ですか」

蘭が唇を尖らせると、「まさか」微笑が返ってくる。

「そんなことで責めたりしないわよ。お仕事なんだからしょうがないじゃない。週に三度も朝帰りされるのは、どうにかしてほしいけれど」

「それも仕事のせいなんですけど」

「だったらそんなお仕事、辞めちゃったらいいじゃない」

棘《とげ》のある言葉にも、いちいち目くじらを立てなくなった。衝突を避けるために、この一年で身につけた距離感だ。

テレビを観ながら二人で食事をした。夕方のニュース番組では、中国の豪華客船が横浜港に入港するという話題を伝えていた。世界一周旅行の途中で寄港するらしい。最初のうちは、いつか自分たちも世界一周したいねと憧れを語り合っていたが、平均で三百万円という旅行代金を知ったとたんに、それだけあったらあれを買いたい、これが欲しい、という生々しい話題になった。

ひと足早く食事を終えた母が食器を洗い始める。夢想に耽《ふけ》ったせいで後れをとった蘭は、急いで空けた食器を、母の脇から流しに放り込んだ。

「たまには自分で洗いなさいよ」

「一人ぶんも二人ぶんも変わらないでしょう」

出張所では散々こき使われているが、自宅では母に甘えっぱなしだ。

呆れ顔の母に背を向け、そそくさとキッチンを後にしようとする。

が、呼び止められた。

「そういえば蘭、珍しくあなたに手紙、来てたわよ」

母が流しの中で手を動かしながら、キッチンの出入り口の横に掛けられたレターラックを視線で示す。そこには公共料金の支払票に交じって、たしかに自分の宛名が記された封筒が差さっていた。裏返してみると、差出人の名前はない。

「なんだろ、いったい」

食器棚の抽斗《ひきだし》からペーパーナイフを取り出し、封を開いた。中には三つ折りにされた便箋が入っている。

便箋を引き抜き、開く。

その瞬間、部屋の灯りがいちだん暗くなったような気がした。

「誰からなの」

とっさに便箋を胸にあて、適当な学生時代の友人の名前を答えた。

「あら、懐かしいわね。最近どうしてるのかしら」

長くなりそうな話をそこそこに打ち切り、自室に戻った。

閉めた扉に背中をもたせかけて、ふたたび便箋を開いた。すでに内容は知っているはずなのに、視界がぐらりと揺れる。

『消防士、辞めろ』

便箋には罫線《けいせん》を無視して、憎しみのこもった大きな文字が連なっていた。

7

目の前がぼんやりと赤い。

次第に映像の焦点が合ってくると、それがたんなる赤ではないことがわかる。黄色みがかっていたり、どす黒く濁っていたり、濃淡を描く何本もの赤い帯がゆらゆらと揺らめきながら、不気味な抽象画を描いている。

これは炎だ。火事だ――。

気づくと同時に、視界が鮮明になった。

二階建て家屋が炎に包まれていた。木の爆ぜる音。顔の産毛に感じる熱。夜空に高々と噴き上がる黒煙。飛び交う怒号とサイレン。全身の感覚が、鋭敏に研ぎ澄まされていく。

早く、早く消火しなきゃ――。

しかし身体がいうことを聞かない。火災現場を取り囲む人垣の最前列で、蘭の足はすくんで動かなかった。

みんなは……浜方隊のみんなは……どこにいるの。

焦りを募らせていると、燃え盛る炎に向かって、数本の放水が弧を描いているのに気づいた。そのうちの一本を辿って、視線が動く。

隊長……。

銀色の防火衣に身を包んだ五十嵐が、ホースのそばにしゃがみ込んでいた。顔を上げた瞬間に目が合った気がしたが、命令を出すことも、立ち尽くす部下を叱ることもない。

五十嵐は立ち上がり、筒先員のもとへと駆け寄っていく。

そこには意外な人物がいた。

父だった。筒先を握る父が、左足を前に出した、基本に忠実な折り膝注水姿勢を保ちながら火災現場に放水している。

その瞬間に蘭は気づいた。自分はまだ中学二年生だ。消防士でも、五十嵐の部下でもない。

五十嵐が父の筒先を補助しながら、なにごとか叫んだ。父も五十嵐を振り返り、大声で返事をしている。

やがて空気呼吸器を着装した二人が、燃え盛る家屋に近づいていく。

駄目！　行ってはいけない！　そこに入ったら……。

お父さん、戻って！　隊長、お父さんを止めて！　お父さん！　お父さん！

繰り返し念じてみるが、言葉にならなかった。二人の背中が熱に揺らめき、炎に呑み込まれ、やがて見えなくなる。

待って！　お父さん！　待って！

「お父さん！」

自分の声で、蘭は目を覚ました。

息は乱れ、心臓が早鐘を打っている。濡れた背中が冷たい。額に浮いた汗を拭おうとして涙の跡に気づいた。混乱の中で視線を彷徨わせるうちに、暗闇に目が慣れてくる。ようやく、自宅のベッドの中にいるのだと理解した。

隣室の気配に耳を澄ませる。母を起こしてはいないようだ。

身体を起こし、ベッドから両脚を垂らした。気持ちを鎮めようと、呼吸に意識を集中させる。

久しぶりにあの夜の夢を見た。消防士が命を危険に晒す仕事だということを実感した日。初めて本物の火災現場を目の当たりにした日。

父が死んだ日――。

十年前、蘭は部活の帰り道で消防車のサイレンを聞いた。自宅とは反対の方角だった火災現場までわざわざ駆けつけたのは、一緒に帰っていた友人が、「火事を見に行こう」と嬉しそうに手を引いてきたからだ。

現場の二階建て木造家屋は生徒たちに「ゴミ屋敷」と呼ばれ、学校でも有名だった。

家主は一人暮らしの老人男性で、変わり者だと近所でも評判だった。どこからか拾ってきたマネキン人形を持ち歩いているとき、死体を運んでいると勘違いした近隣住民が、警察に通報したこともあるらしい。普段からガラクタを収集していて、狭い庭にはサドルの外れた自転車やら、革が破れてスポンジの飛び出したソファー、折れたビニール傘などが山積していた。

後から聞いた話によると、父と五十嵐は取り残された要救助者を救うため、建物内に進入したという。しかしガラクタが散乱する内部は、歩くのもままならない状態だった。盛り上がるゴミの山で床が見えないどころか、頭が天井に付くほどだったらしい。燃え種《ぐさ》だらけ、おまけに足もとにはなにが埋まっているのかもわからないという状況だ。その現場がどれほど危険なのかは、消防士になった今ならばよくわかる。

そして父は、燃え落ちた梁《はり》の下敷きになった。五十嵐によって助け出され、すぐに救急搬送されたが、病院に到着したときにはすでに手遅れだった。

その後、全焼した家屋からは、要救助者だった老人男性が水損防止シートで目隠しされながら運び出された。

家屋は全焼、要救助者は死亡、そして消防士一名も殉職という、消防にとっての完全な敗北だ。

蘭はベッドから立ち上がり、机の抽斗にしまっていた封筒を取り出した。ベッドサイドを背もたれにして、フローリングにぺたりと座り込む。

便箋を開き、暗がりで目を凝らした。

文面から伝わる憎悪に搦《から》めとられ、急激に全身がだるくなる。

どうして、誰が、なんのために。湧き上がる疑問が心を削《そ》いでいく。

窓際に視線を滑らせて、父の写真を見つめた。

こういうとき、父ならばなんと助言してくれるだろう。なにをしてくれるだろう。

考えてみたが、答えは見つからなかった。もしも父が生きていたら。その仮定が、父の不在という現実を強く浮き彫りにするだけだった。

お父さん、どうしてここにいてくれないの――。

孤独にさいなまれながら、蘭は抱えた膝に顔を埋めた。

8

「いらっしゃいま……」

開く自動ドアの方角に向かおうとして、白いシャツの店員が動きを止めた。

ライダースーツにフルフェイスのヘルメットという、客のいでたちに警戒したらしい。

店員がおそるおそる歩み寄り、客に話しかける。入店の際にはヘルメットを脱いでください、とでも告げているのだろう。ヘルメットの客は、いま気づいたという感じで、申し訳なさそうに頭を下げている。

蘭は壁際のボックス席でドリンクバーのカフェラテを啜りながら、そのやりとりを遠巻きに眺めていた。

客が蘭を指差し、店員に手を振る。待ち合わせだから、と案内を断っているようだ。蘭のほうに歩きながらヘルメットに両手をかけ、持ち上げる。

荒川の顔が現れた。

「いや悪いな、待たせちまって。急いで出ようとしたんだけど、ウクさんに捕まっちゃってさ」

荒川は手刀を立てて対面の椅子を引いた。脱いだヘルメットを、隣の椅子に置く。

「あんな格好で入って来たら、強盗と間違われますよ」

「わかってるんだけど、つい忘れちまうんだよな。コンビニとかにもヘルメットかぶったまま入って、よく注意されるんだ」

笑いながら頭の後ろをかいている。

『ジョイフルタイム』の店内は、午前中とあってまだ閑散としていた。ガラスで区切られた喫煙席のエリアには、蘭たちを除くと、参考書を広げる学生らしき男が一人だけだ。蘭が入店の際に喫煙席を指定したのは、もちろん荒川のためだった。

「で、どうした今日は。まさか、またパックの残圧が……」

ドリンクバーからコーヒーのカップを持って戻ってきた荒川が、席につくなりいった。

「いえ、そうじゃありません。これを見てほしいんです」

蘭は隣の椅子に置いたリュックから、封筒を取り出した。

「なんだこりゃ……」

呑気に封筒を開いていた荒川だったが、便箋を広げたとたんに顔色を変えた。

自宅に送り付けられた、『消防士、辞めろ』という内容の手紙だった。勤務中だとほかの同僚の目が気になるので、当直明けの非番を待って、荒川を『ジョイフルタイム』に呼び出したのだ。

「なんだ……これ」

荒川が両手で持った便箋と、蘭の顔の間で慌ただしく視線を往復させる。

「一昨日、自宅に届いたんです」

「そ、そうか……いったい、誰が」

荒川はしばらく消印を確認したり、筆跡を記憶と照合したりしていたが、なんの手がかりも見つけられなかったらしい。最後には便箋を封筒にしまい、爆弾でも扱うような手つきでテーブルに置いた。

「荒川さんは、どう思いますか。これって、パックのエアーが抜かれていた件と、なにか関係があるんでしょうか」

「どう……だろうな。わからん」

腕組みをした荒川が、顔を歪める。

「ただひとつたしかなのは、もしもパックの一件とこの手紙の差出人が同一人物だとすれば、そいつは軽い気持ちでパックに細工したわけじゃない……ってことだ。本気でおまえを、消防から追い出そうとしている」

ポケットからパッケージを取り出し、煙草を咥えて火を点ける。深く息を吸い込んでから、煙とともに言葉を吐き出した。

「どっちに転んでも嬉しい結果じゃないな。もしもパックと手紙が同一人物なら、そいつは相当におまえを憎んでいるってことだし、別人の仕業ってことになると、おまえを疎んじている人間が、少なくとも二人は存在することになる」

蘭の表情が曇ったのに気づいて、慌てて取り繕う。

「ま、誰にでも好かれる人間なんて、いるわけがないしな」

カップを持ち上げて、ずずず、と音を立てた。

「しかし誰が……」

苦そうに歪んだ顔は、おそらく煮詰まったコーヒーのせいだけではない。その表情のまま、紫煙の行方を目で追い、思索を巡らせる。

束の間、気まずい沈黙が流れた。店員の足音や食器のぶつかる音が響く。

「荒川さん……」

蘭は膝の上で握り締めたこぶしに、言葉を落とした。

「なんだ」

爆弾発言の臭いを嗅ぎとったらしく、荒川が寄せた眉根に警戒を浮かべる。

「私……消防、辞めようと思います」

二人のいるテーブルの周囲だけ、空気が淀んだ。離れた席の談笑や客が店員を呼ぶチャイムの音が、水中で聞くようにぼんやりと遠い。

停滞した流れを元に戻したのは、荒川の手がテーブルを叩く音だった。

「おい、いきなりなにをいい出すんだ。そりゃ、辛《つら》いかもしれないが……しかしおまえは、なにひとつ悪いわけじゃない。早まるな。辞めることなんかない」

「それだけじゃないんです。最近、いろいろと考えさせられることもあって……」

蘭がなにをいわんとしているのか、すぐに悟ったらしかった。

「本牧原のアパート火災のことか。あの件にかんしては、おれも後で五十嵐さんに訊いたよ。おれもあのときの五十嵐さんの判断にはちょっと、驚いたからな。このところ高柳はミスが多いから、現場に進入させるわけにはいかないと思ったって説明された。たしかにおまえ、最近――」

「本当に……それだけでしょうか」

勘繰りの視線に、荒川の頬がぴくりと痙攣する。

「それだけって、どういうことだ」

「半年前、浜方に配属されたときから、隊長の私への接し方は変でした。パックやこの手紙の件と、あの人が関係あるとまではいいませんけど、少なくとも隊長は、私のことを嫌っています」

「おいおい、まるで五十嵐さんが犯人かもしれないって口ぶりじゃないか」

「その可能性が……ゼロだとは断言できません。私を辞めさせたいという点では、犯人と利害が一致しています」

「高柳、いっていいことと悪いことがあるぞ」

荒川がわずかに声を低くして、語気を強める。しかし蘭は怯《ひる》まなかった。

「荒川さんはあの人と個人的に親しいから、あの人の嫌な部分が見えていないと思います」

「高柳っ！」

一瞬、睨み合うかたちになったが、蘭はすぐに視線を逸らした。

「でも、もういいんです。私が辞めれば、ぜんぶ終わるし。パックに細工した誰かが喜ぶ。この手紙を送ってきた誰かも喜ぶ。隊長だって……きっと嬉しいんじゃないですか。使えないやつがいなくなった……って」

「そんなことはありえない。五十嵐さんは、おまえが辞めて嬉しいなんてことは、絶対にない。おれが、保証する」

前のめりに熱弁する荒川に、蘭は笑いかけた。ほとんど嘲笑だった。

「なにがおかしい」

「だって、どうして荒川さんがそんなことを保証できるんですか。いくら親しくても、隊長の本心まではわからないでしょう」

「知ってるからだ」

「なにを……」

「おまえを浜方に引っ張ったのは、あの人だってことをだ」

驚いて顔を上げると、力強い頷きが返ってきた。

「正確には、五十嵐さんと所長が、おまえを浜方に引っ張った。おまえが入局したことを知った五十嵐さんが、所長に掛け合ったんだ。所長も昔、おまえの親父さんと金沢署で一緒だったらしいな。女性隊員を受け入れた前例のない浜方へおまえを引っ張るために、相当、上とやり合ったって話だぞ。そうまでして連れてきたおまえを、どうして辞めさせようとする」

ちらりと反応を窺うような上目遣いをしてから、荒川は煙草を灰皿に擦り付けた。

「あの、最初にパックの残圧が落ちていた夜のことも、二人で飲みに行ったときに五十嵐さんと話した。おれはいったよ。いくらなんでも、少しいい過ぎだったんじゃないかって。あの人は、たしかにそうかもしれない、ついかっとなってしまった、って反省してた。そういう弱い面を仕事中は絶対に見せない人だから、おまえには想像もつかないかもしれないだろうが」

ふっ、と小さな笑みを挟んで、荒川は続ける。

「五十嵐さん、いってたぜ。いくらおれら消防士が頑張っても、救えない命がある、おれたちは数限りない命の終わりを見届けていかなきゃならない。救えなくて当たり前、仕方がなかったって割り切れなきゃ、やっていけない商売だ、ってな……でもな、こうもいってた。隊長のおれがしっかりしていれば、確実に救える命もある……って。それがなにか、わかるよな」

わかった。五十嵐がなにをいったのか、はっきりと。

荒川は蘭の目を見据えたまま、大きく頷いた。

「おれたち隊員の命だ。現実問題として、すべての要救を救うことなんてできない。いくら優秀な消防士だって、無理なもんは無理だ。だがな、消防士は少なくとも、現場に進入さえしなければ、死ぬことはない。あの人は身を切る思いで、部下を現場に送り出してんだ。パックのエアーが足りないなんて馬鹿げた理由で、部下を失うことなんてしたくないんだよ。だから、五十嵐さんがパックに細工するなんてことは、ありえない。そして、おまえが辞めて喜ぶなんてことも、絶対にない……絶対にだ」

蘭は混乱していた。荒川の話を疑ったわけではない。だが、荒川の話す五十嵐の姿と、蘭自身の抱く印象があまりにも掛け離れていて、結びつけることができなかった。

「たんに嫌がらせに疲れて辞めるっていうなら、仕方がないのかもしれない。辛抱してほしいのはやまやまだが、だからといってすぐに犯人を見つけてやるなんて、おれも約束はできないからな。だが、五十嵐さんがおまえを嫌っていることも理由の一つだっていうんなら、はっきりいえる。おまえは間違っている。五十嵐さんという人間を誤解している」

「でも、隊長は……昔とぜんぜん違うし。前は、あんな感じじゃなかったし」

「昔と比べて今がどうなのかは、おれにはどうともいえない。昔の五十嵐さんを、おれは知らないからな。だが、いま現在、五十嵐さんがおまえのことを嫌っているのかどうかを判断するのに、五十嵐さんの過去を知る必要もないだろう。おまえを浜方に引っ張った。それだけでじゅうぶんじゃないか。そもそも昔は先輩隊員の娘、今は部下、接し方が変わるのは当然だと思うけどな」

蘭が反論しようとすると、どこからか振動音が聞こえた。

荒川が携帯電話を取り出し、耳にあてる。電話がかかってきたらしい。ああ、うん、わかってる、ティッシュとシャンプーな、詰め替えのやつ、なに、プリンだと？　わかった、ちゃんと買って帰るから。

受け答えの内容から察するに、相手は妻のようだ。

「悪い、今日はここまでだ。うちのチビが風邪《かぜ》引いて、幼稚園休んでてな……またあらためて話そう」

申し訳なさそうに手刀を立てると、荒川は伝票を手に席を立った。

9

同期会は二次会に突入していた。

カラオケボックスのパーティールームには、調子っぱずれの歌声が響き渡っている。曲名表示を見なければ、とてもそれがＥＸＩＬＥの曲だとはわからない。マイクを握る都筑《つづき》消防署本署、救急隊所属の土屋《つちや》が、たっぷりと日ごろのストレスを注ぎ込み、ラブソングを呪いの歌に変えていた。

ときおりハウリングを起こすスピーカーに顔をしかめながら、蘭は美樹に語りかける。

「美樹、美樹。おうい。明日、仕事でしょう。もう帰ろっか、ね。電車なくなるよ」

肩を揺すってみるが、反応はない。膝の上で、むにゃむにゃと気持ちよさそうに口を動かしている。

ようやく薄く開いた瞼の狭間から、虚《うつ》ろな瞳が見上げた。

かすかに開いた唇が弱々しく動き、なにごとか言葉を発する。

身体を屈め、美樹の唇に耳を近づけてみた。

「脈拍は正常……瞳孔は散大しています……ストレッチャーの用意を……」

夢の中で救急出場しているらしい。

「駄目だこりゃ」

美樹は横須賀の実家から湊消防署へと通勤している。この調子では、今夜は蘭の自宅に連れ帰るしかなさそうだ。

芸能リポーターよろしく、小野瀬と原翔子のツーショットを押さえようとした美樹の企みは、出足からつまずいた。集合場所の相鉄ジョイナス前にたむろする同期の中にいたのは、二人のうち、原翔子だけだった。

計画が頓挫した美樹は、元を取ろうと急ピッチでジョッキを空けた。一時間ほど経過したころには、すでに当初の目的など忘れてしまったようだった。一次会で帰ろうとする蘭の脚に、「私を一人にしないで」と泣きながらしがみついてきた。

その美樹が、今は蘭の太股を枕に眠っている。

「……アニソコが……見られます……」

どうやら夢の中の患者は、脳に血腫か腫瘍があるらしい。アニソコとは片方の瞳孔だけが大きく開いたままの状態で、光に反応しなくなる症状のことだ。一刻も早く処置しないと生命に危険が及ぶ。

「ずいぶんやばい状況だね。おいっ、美樹っ」

蘭の突っ込みに、ぷっと誰かが噴き出した。

「美樹ちゃん、仕事熱心ね」

翔子がいつの間にか隣に座っていた。ぱらぱらと同期たちが帰っていき、広く空いたソファーの隙間を詰めながら、近づいてきたようだ。両手を座面につき、脚をぶらぶらとさせて、美樹の寝顔を覗き込んでいる。

湊消防署本署、人事課勤務。愛らしい小動物という印象は以前から変わらないが、重ねたマスカラの瞬きに女らしい艶が増した気がするのは、穿《うが》ち過ぎだろうか。

「当直の前日にこんな時間まで夜遊びするのが、仕事熱心っていえるのかどうか……」

「たしかに、それもそうだね」

「原さんは明日、出勤？」

「ごめんね、私は休み。日勤だから」

申し訳なさそうにいわれて、蘭は気づいた。明日は日曜日だ。現場に出る消防・救急隊員とは違い、事務職の日勤はきっちり週末が休みになる。

「そっか、なんか曜日の感覚がわかんなくなっちゃって」

「大変だよね、消防隊は」

「そうだよね……ほんと、大変」

つい実感がこもってしまった。

「大丈夫？　悩みがあるなら、私でよければ相談に乗ろうか」

翔子が心配そうに眉を下げる。蘭は慌てて手を振った。

「ああ、別に。そんなたいしたことじゃないから」

「本当に？　ずいぶん深刻そうな顔、してたけど」

「あれ……そう見えちゃった？　変だな。悩みがなさそうで羨ましいって、よくいわれるんだけど」

冗談で取り繕おうとしてみるが、翔子の笑顔は痛ましげだ。

「蘭ちゃん、強がらなくてもいいんだよ。悩みのない人なんていないんだから」

翔子の手が伸びて、蘭の手に重なった。

「大丈夫だよ。話してみて。私は蘭ちゃんの味方だから」

「味方……」

「そう、味方だよ。最近はそんなに会えてないけど、初任科では一緒に励まし合って、頑張ったじゃない。私は、蘭ちゃんの味方。なにも力にはなれないかもしれないけど、話をするだけで、だいぶ楽になるはずだよ」

ふいに胸を締めつけていた鎖の緩む感覚があって、鼻の奥がつんとした。

「実はね――」

蘭は涙と一緒にすべてを吐き出した。ある程度、事実関係をぼかして伝えるつもりが、口が勝手に動いて止まらなくなった。日常的に接しているわけでもなく、利害関係のない翔子ならばという安心感に加え、アルコールが潤滑油となり、告白に勢いを与えた。

空気呼吸器の空気が抜かれていたこと、自宅に脅迫状が送りつけられたこと、それにより五十嵐を疑ってしまったこと、そんな五十嵐がかつて自分を浜方消防隊に配属させるよう、上司に掛け合っていたこと、それを知ってもなお、五十嵐にたいする感情は複雑であること、そして消防を辞めるべきかどうか今もまだ迷っていること。

翔子はときおり頭を撫《な》でてくれたり、ウーロン茶を勧めてくれたりしながら、うんうんと話を聞いてくれた。

「なんか、ごめん……一人で喋っちゃって」

蘭は濡れた頬を拭いながら、照れ笑いする。ひとしきり話してすっきりすると、急に恥ずかしくなった。

「ううん、いいの。それで、辞めるかもっていってたけど、決意は固いの？」

「正直、よくわからない……子供のころからずっと消防士を目指してたから。辞めた後の自分が想像できない。けど、こんな中途半端な気持ちの消防士が助けに来たら、要救助者だって不安でしょ」

「蘭ちゃん、こんなこといったら気を悪くするかもしれないけど、女の子で消防隊員続けていくのって、大変でしょう。身体きついし、勤務不規則だし、友達とか彼氏とかとも、休み合わないんじゃないの。消防士といっても、美樹ちゃんみたいな救急隊員なら体力的なハンデも減るし、私みたいな日勤なら、週末休めるし。消防自体を辞めなくても、いっそ救急か日勤に転属でもしたら楽に……」

翔子の言葉が途切れたのは、ふたたび蘭の瞳が潤み始めたからだった。

「ごめんごめん、変なこといってごめんね」

ぎゅっと目を閉じて涙を堪える頭を、翔子はあやすように撫でた。

「蘭ちゃん、真面目《まじめ》なんだね……」

しみじみとした口調で呟く。

「そんなことないよ。普通普通。普通にこんな顔だってするし」

蘭は涙を飲み込んで変顔を作り、おどけてみせた。

「私、蘭ちゃんのこと、誤解していたのかな」

「どういうこと？」

「ほら、同期の女子って……大樹にきゃあきゃあいったりして、なんだか軽いじゃない。蘭ちゃんも同じ感じなのかと、思ってた」

発言の内容よりも、翔子が小野瀬の下の名前を呼び捨てにしたことに、蘭はぎくりとした。そしてその瞬間に気づいた。翔子が小野瀬と付き合っているのなら、小野瀬に自分の悩みが筒抜けになってしまう。

「あの……翔子ちゃん、お、お、小野瀬にはさっき話したこと……」

いい終わる前から、翔子は頷いていた。

「わかってる。絶対に誰にもいわないから、安心して」

否定しないということは、どうやら小野瀬と交際しているという美樹の情報に誤りはないようだ。

「それにしても、嬉しいな」

翔子がにっこりと笑った。

「なにが……」

「だって蘭ちゃん、いま初めて私のこと、下の名前で呼んでくれたじゃない」

はっとする蘭の手を、翔子が両手で包み込む。

「蘭ちゃん、辞めちゃ駄目だと思うよ。蘭ちゃんみたいな人こそ、消防士続けないと。誰がそんな嫌がらせしているのかわからないけど、負けちゃ駄目。みんな応援してるじゃない。私も味方。荒川士長だって、蘭ちゃんのことを心配してくれてる。五十嵐隊長も、そうなんでしょう」

「でも……それは荒川さんから聞いた話だから」

「目の前の人の言葉を疑っていたら、きりがないよ。好きな人の言葉なら、信じよう。それとも蘭ちゃん、荒川士長のこと、嫌いなの」

「そんなわけ……ないじゃん」

「私のことは……」

「好きだよ。好きじゃなきゃ、こんな話できないよ」

正確には、ついさっき翔子のことを好きになった。

「じゃあ、荒川士長の言葉を信じて。そして、私の言葉も信じて。蘭ちゃんは大丈夫。今は少し辛いけれど、きっと、もっと頑張れる。夜は明ける直前が、いちばん暗闇が深いんだから。でもね、毎日ちゃんと、朝は来るんだよ」

「翔子ちゃん……詩人だね」

蘭が微笑むと、翔子も穏やかに目を細めた。

そのとき、地を這うような呻《うめ》きが聞こえた。

「蘭……気持ち悪い……」

美樹が胸をさすりながら、顔を歪めている。

蘭は慌てて美樹の背中を起こし、パーティールームの出入り口へと誘導した。

扉を開けながら背後を振り返ると、翔子ががんばれ、という感じに、胸の前で二つのこぶしを握っていた。

10

「遅い遅い！　なにやってんだ！　そんなんじゃ蠅《はえ》が留まるぞっ」

山根の罵声を気合いで撥ね返しながら、蘭は手足を動かした。ロープブリッジ渡過も連続三本目となると身体じゅうの筋肉が焼けるようだが、以前のように途中でペースが落ちることはない。

「よっしゃ、来いっ！　来いっ、高柳！」

大きく手招きをしながら足場を踏み鳴らす荒川が、逆さまに見える。

破裂しそうな痛みが全身を駆け抜け、限界が近いことを告げる。蘭は息を吸ったまま呼吸を止め、最後の力を振り絞った。ロープをぐいぐいと引き寄せ、足で蹴って勢いをつける。足場のパイプが近づいてくる。

「おうし！　お疲れ！」

ゴールに辿り着いた。

タイムを確認しようと、顔を上げる。

「よくやった！」

荒川がストップウォッチを見つめ、ガッツポーズをした。

「二十九秒だ！　すごいじゃないか」

興奮のあまり力が入ったのか、肩を叩く手が痛い。

「二十九秒？　基準タイムクリアしてないじゃないか！」

折り返し地点から山根が大声でケチをつけるが、荒川は意に介する様子もない。

「大丈夫だ、救助大会まであと一か月はある。絶対にいける。いける、いけるぞ」

鼻息も荒い激励に、蘭は汗だくの笑顔で応じた。

カラビナを外して、足場を下りる。

入れ替わりに小野瀬がのぼってきた。

「なかなかやるようになったじゃないか。そのぶん、嫁の貰《もら》い手は減るだろうけどな」

「あんたこそ、最近は腰の使い過ぎで脚がふらついてんじゃないの」

セクハラにはセクハラで応じてやる。

「なんだと」

不快げに眉を歪める同期を置き去りにした。

今回もロープブリッジ渡過訓練は本署とのタイミングが重なり、共同訓練になった。

湊消防署の屋上には、二つの署所の隊員が集まっている。

「ずいぶんタイム伸びたじゃないか。この前とはえらい違いだ」

足場を下りたところで、本署第二消防隊長の丸尾に呼び止められた。

「ありがとうございます」

前回の共同訓練は、午前中に山根に散々いたぶられた挙げ句、臨んだものだ。ロープを渡り切るのがやっとで、とてもタイムを伸ばすなどという状況ではなかった。あの状態を見ていたら、たしかに飛躍的な成長を遂げたと驚くだろう。

「そういえばきみ、あの高柳消防司令の娘さんなんだって？」

「は……はい」

父を消防司令と呼ばれるのには違和感があった。父は命を落とした時点では消防士長に過ぎず、殉職によって二階級特進しただけだ。

「そうかそうか、あの高柳消防司令の……きみがそうなんだ、知らなかったよ」

丸尾は嬉しそうに頷いている。

「父を、ご存じなんですか」

「いや、直接面識はないんだけどね、でもよく話には聞いていたよ。以前、きみのお父さんの上司だった人の下で、僕も働いていたんだ」

「そうなんですか」

「うん。優秀な消防士だったらしいね。一度お会いしてみたかったな……」

憧れに輝く丸尾の瞳に、蘭は苦笑した。丸尾は殉職した時点の父を、階級ではとっくに追い抜いている。

「とにかく頑張って。きっときみも、立派な消防士になれるよ」

丸尾は笑顔でいい残し、小野瀬を追って足場をのぼった。

すぐに丸尾と小野瀬の、きびきびとした点検が聞こえ始める。

蘭はそのまま歩き出そうとしたが、前方に五十嵐を発見し、くるりと背を向けた。

五十嵐は腕組みで金網にもたれ、足もとに視線を落としている。

「親父さん、えらく慕われていたみたいだな」

荒川が満面の笑みで歩み寄ってきた。

「そうですね」

丸尾のような態度を向けてくる人間は少なくなかった。消防学校で鬼教官と恐れられていた男でさえ、蘭が高柳暁の娘だと知るや、懐かしそうに破顔した。横浜市消防局において、父は半ば伝説化した存在らしい。

「丸尾さんのお墨付きをもらったんだから、今まで以上に頑張っていかないとな」

どこかご機嫌を窺うような調子が申し訳ない。いつまた辞めるといい出すのかと、荒川は心配しているようだ。

「高柳……」

ふいに背後で声がして、蘭はぎくりと両肩を跳ね上げた。

振り返ると、いつの間に歩み寄ってきたのか、五十嵐が透かすような視線を向けていた。

ちらりと荒川を見ると、大丈夫だ、という頷きが返ってくる。

蘭は背筋を伸ばして、五十嵐に正対した。

「あいつのロープブリッジは、ちゃんと見ているのか」

五十嵐は視線を小野瀬に向けた。小野瀬はちょうど二本目のロープブリッジ渡過に入ったところだ。相変わらずロープの摩擦を感じさせない、滑らかなセーラー渡過だった。

蘭はいったん小野瀬を振り向いた後、視線を戻した。

「はい、見ています」

「ならなにが違うか、いってみろ。あいつのロープブリッジは、おまえのとどこが違うのか」

わからなかった。認めたくはないが、小野瀬と自分では次元が違い過ぎる。張り合う意思すら、とうになくしていた。

「わかりません」

正直に答えた。才能が違う、モノが違うとしか、表現のしようがない。

「ならなんのために見ているんだ。ただぼーっと見ているだけか。小野瀬はすごいと感心しているだけか」

まさしくその通りだった。

「自分になにが足りないのか、なにを補えば、あいつと対等に勝負できるようになるのか。それを考えることすらしないのか。そんなことなら、おまえのタイムはもう伸びない。いつまでもあいつに勝てない」

五十嵐は一方的にいい放つと、踵を返した。定位置に戻り、ふたたび金網にもたれる。

むっとして立ち尽くしていると、荒川から肩に手を置かれた。

「よかったじゃねえか」

満足げに頷いている。

「なにがですか……」

蘭は不機嫌に口をすぼめた。

「わかんねえのか。おまえ、五十嵐さんに認められたんだよ」

「はあ？」

「自分に足りないものをしっかり考えないと、小野瀬には勝てない……つまりさ、逆をいえば、足りないものを補えば、あいつに勝てる可能性があるってことだ。おまえに見込みがあると思ったから、五十嵐さんはあんなことをいったんだ」

「そうですかねえ？」

たんなる言葉の綾《あや》としか思えない。いくら個人的に親しいとはいえ、荒川は五十嵐の言葉を、好意的に解釈し過ぎではないだろうか。

蘭は振り向いて、小野瀬を見上げた。あまりにも見事なロープブリッジ渡過に、しぜんとため息が漏れる。

「そうですかねえ……」

あの化け物と対等に張り合うことなど、とてもではないが不可能だ。

11

「よう、相変わらず空《す》いてるねえ」

扉を開けて店内を見渡すや、楊隆一《ようりゅういち》は毒づいた。

「うっせえよ、あんただって暇なんだろうが」

カウンターの中からマスターの周建民《しゅうけんみん》が応酬する。

「まったく、この人出だってのに閑古鳥か」

椅子を引きながら、楊は見事にくすんで自然の磨りガラスになった窓の外を見る。外は溢れんばかりの人波だ。しかし通行人が、店の扉を開くことはない。

「あのな、うちは観光客相手に商売しているわけじゃねえんだ」

「まあ、そりゃそうだろうけどよ。なにせ中華街にあるのに、店の名前が『ワシントン』なんだからな。親父さんもずいぶんひねくれた名前つけたもんだ」

喫茶『ワシントン』は天津路《てんしんろ》の狭い路地に面している。中華街のど真ん中という絶好の立地にもかかわらず、周の父親は、自分の喫茶店にアメリカの首都の名前を冠した。おかげで常連客は地元の中国人ばかりになり、中華街が観光客でごった返す週末は、逆に暇になる。

「しょうがない親父だよ、まったく。日本人相手に商売したくないってんだから」

周はグラスを拭きながら肩をすくめた。日本にいながら日本人嫌いだった周の父は親米派というわけでもなく、ただ日本人観光客の足を遠ざけるために『ワシントン』という名をつけたのだった。

「なににする」

周に訊かれて、楊は即答した。

「ナポリタンにコーヒーのセット」

いつも注文は同じだった。ナポリタン以外のメニューは食えたものではない。そのナポリタンにしても、べっとりと麺に絡めたケチャップの味でなんとか誤魔化しているだけだ。それでも楊がこの店に通い詰めているのは、ほかに行くところがないからだった。

「この店、親父さんから引き継いだってのはわかるけどさ、中華料理店に建て替えたりはしないのかい。そのほうが儲《もう》かるだろう」

楊は調理を始めた周の背中に問いかけた。外にはあれだけの人通りがあるのだから、中華料理の店にすれば、味なんて二の次で客が押し寄せるに違いない。どうせ日本人観光客は味なんてわからない。中華街の雰囲気を楽しみたいだけなのだ。

「中華料理店が儲かるだって？　あんたにいわれたくないね」

フライパンを振りながら周が振り向き、にやりと笑う。

「うちは……場所が悪かっただけさ」

楊は下唇を突き出した。カウンターの上でこぶしを握り締めたのは、それが負け惜しみだとわかっているからだ。

「なにいってんのさ。あんたのところだって場所は悪くないだろう。一つ先の通りなんだから」

「味がわからないんだよ、観光客はさ」

「そうだな。あんたの作る料理はたしかに美味かった……でも潰れた」

祖父の代から近所付き合いしてきたからこその率直さだった。

楊が四代続いた四川料理の店を畳んでから、もう二年になる。このところの不況のせいで、観光客は安価な食べ放題の店に取られっぱなしだった。そのほとんどは楊や周のような古くから中華街に住み着く老華僑《ろうかきょう》ではなく、一九七八年に始まった中国の開放改革路線以後に移住してきた新華僑の店だ。その中には中国政府が発行する「一級厨師」の調理師免許を買い取り、素人の偽コックに料理を作らせているところもあるというのだから、味へのこだわりはいわずもがなだ。最初のうちは不法滞在の同胞に路上でビラ配りさせる新華僑の食べ放題店が脅威になるなど、楊は考えもしなかった。

しかし景気が悪化するにつれ、店からは客足が遠のいていった。同じように何代も前から続いていた老華僑の店が、次々に倒れた。

それでもなんとか踏ん張っていた楊が抵抗を諦めたきっかけは、長年支えてくれた妻の死だった。四代続いた味を信じ、身を粉にして働いてくれた妻の胃がんは、気づいたときにはもう末期だった。

店は妻の看病のために一時休業した。しかし妻が逝った後も、ふたたび店を開ける気にはなれなかった。

それでもあまり多くはないかつての常連客たちから要望されて、重い腰を上げようとした。東日本大震災が起こったのは、ようやく翌週には店を開けようとした矢先のことだった。

調理器具や食器類が散乱する店内の様子に、もうやめろ、という天の声を聞いた気がした。たぶん、やめたかったのだ。時代が変わったことを認めることができなかっただけなのだ。妻が死ぬ前から負債は膨らみ、どうにもならなくなっていた。そして自分の味を信じてくれた妻も、もういない。

「ご馳走《ちそう》様、お代はここに置いておくよ」

ケチャップのきついナポリタンを胃に流し込み、煮詰まったコーヒーを啜り終えると、楊は代金ぶんの硬貨をカウンターに置いた。

「あれ、もう帰るのかい」

周が怪訝に思うのも当然だった。楊はいつも、何杯かコーヒーをお代わりしながら三時間は居座っていくのだ。

「うん、ちょっと用事を思い出したもんでね」

「なにいってんだよ。あんたの用事なんて、競馬ぐらいしかないだろう」

「いってろよ」

捨て台詞を吐いて店を出る。

とたんに人波に呑み込まれ、真っ直ぐに歩けなくなった。どうしてこれほどの人がいるのに、自分の店は立ち行かなくなったのか。あれほど頑張って働いたのに。妻はがんの進行にも気づかないほど、必死になってくれたのに。右に左にと身をかわしながら、怒りよりも切なさがこみ上げる。

ビラ配り、甘栗売りの呼び込み、中華まんの売り子。街には自分と同じ中国人が溢れているが、どの顔にも馴染《なじ》みはない。五十年近くも過ごした中華街が、最近では知らない街のように感じられる。

中華街大通りの喧騒を浴びるうちに、自虐的な気分が広がった。

コンビニで買い物をしてから、自宅の前に着いた。すぐそばの賑《にぎ》やかさが嘘のような、ひっそりと静かな一角だ。角には新華僑の開いた点心の店に行列ができているが、楊の家の両隣は老華僑の店だった建物で、すでに閉店している。

向かって左隣の張《ちょう》一家は数か月前に引っ越してしまったので、家の前は自転車置き場のようになっていた。二軒右隣の林《りん》一家が住んでいた家の前も同じだ。すぐ右隣の劉《りゅう》夫妻は夫人が寝たきりになり、老齢の夫が単身で介護している。子供のころからかわいがってもらった夫婦だが、数日前に訪ねてみたら認知症の始まった夫人は、楊が誰だかわからなかった。気の毒に思ったが、どこかで羨ましく感じたことも否めない。幸福な記憶があるからこそ、人は苦しむのだ。

楊の家の前にも、自転車が一台停まっていた。むかっ腹が立って蹴倒してやろうかと思ったが、やめた。そんな抵抗しかできないなんて惨め過ぎる。

かつては店の入り口だった引き戸の鍵を開けて、中に入った。散らかった店内は、震災が起きたときからほとんど片づけが進んでいない。物を脇に寄せて通り道を作っただけだ。

獣道のように延びた通路を歩き、二階への階段をのぼる。住居として使用していた二階は、一階に輪をかけて酷《ひど》い散らかりようだった。こちらは震災の影響というより、妻を亡くした後の、荒《すさ》んだ生活のせいだ。爪先から踵まで足全体をぺたりと付けられるのは、万年床の上だけという有り様だった。

楊は布団の上に胡坐《あぐら》をかき、リモコンをテレビに向けた。盛り上がるゴミの山のせいで画面全体は見えないが、どうせ真剣に見ることもないので気にならない。誰かの声を聞いて、寂しさを紛らせたいだけだ。

コンビニで買ってきた缶ビールのプルタブを倒し、いっきに呷《あお》る。すぐに中身が空になったので、もう一本を開けた。

ぷはぁと虚空に息を吐くと、壁にかけた写真が目に入った。楊と妻が結婚式を挙げたときの記念写真だった。もう三十年も前、あのとき、中華街にはたくさんの仲間がいた。中華鍋の振り方は半人前だったが、夢は人一倍大きかった。中華街に本拠を置きながら、東京に二号店、三号店を出すのが目標だった。店があのころの活気を保ったままなら、けっして実現不可能ではなかったはずだ。

何本かビールを空けると、意識が溶け始めた。

そろそろいい頃合いだ、これならきっと――。

楊はゆるゆると立ち上がり、床を埋めるゴミを蹴散らしながら、部屋の隅に倒れていた椅子を起こした。それを購入以来数度しか使用せず、いつの間にか妻が物干しにしていたぶら下がり健康器の下に運ぶ。椅子の上に立ってロープを括りつけ、輪を作って顎にかけた。

もっと早く、こうするべきだった。妻が死んだときに、自分の人生も終わっていたのだ。

盛大な辞世のため息が漏れるが、椅子を蹴ることはできない。最後に周の顔を見て、酔っ払えば度胸もつくだろうと考えていたのに、踏ん切ることができなかった。

自分が情けなくて、楊はふたたびため息をついた。目をぎゅっと閉じてかぶりを振り、この世への未練を拭い去ろうとする。

やれ、やるんだ、生きていたって、どうしようもないだろう。

自らを叱咤《しった》しながら深く息を吸い、胸を膨らませる。

するとそのとき、なにかが焦げたような臭いに気づいた。臭いのもとを辿って、小鼻をひくつかせる。ほどなく目がちくちくと痛み始め、涙が溢れた。目もとを手の甲で擦る。ふたたび目を開けると、視界はぼんやりと暗く霞《かす》んでいた。何度か瞬きをするうちに、暗闇はみるみる濃くなった。

楊は椅子を飛び降りて、部屋を出た。廊下には黒煙が立ち込めている。

「か……火事だ！」

つい今しがた死のうとしていたことなど、すっかり忘れた。階段を途中まで駆け下り、はたと立ち止まる。闇の濃くなった廊下を這って横切り、部屋に戻ると、壁から結婚式の写真を外した。

楊は思い出を抱き締め、部屋を飛び出した。しかし階段に足をかけたところで、階下で荒れ狂う炎に立ちすくんだ。

「おい、どうなってんだ！　さっきからぜんぜん前に進んでないじゃないか！」

荒川が珍しく怒声を上げる。

「しょうがねえだろっ。人轢《ひ》き殺しながら進めってのかよっ」

普段はハンドルを握ると滅多に口を開かない鵜久森でさえ、焦りを隠せない。ときおり、苛立たしげにハンドルを叩いている。

「消防車通過します！　道を空けてください！」

助手席では、サイレンアンプのマイクを手にした五十嵐が警告を続けていた。しかし日曜日の中華街だ。ひしめく人波が申し訳程度に割れても、消防車両の通過できるスペースを作るのは難しい。

朱雀門《すざくもん》から中華街に進入すると、消防車の進行速度はがくんと落ちた。

「危ないから！　どいてどいて！　こらっ、どけっつってんだろうが！」

後部座席の定位置に座った山根も窓から身を乗り出し、人波に呼びかけている。

出場指令が下ったのは浜方隊が本署での訓練を終え、帰所する途上でのことだった。

「建物火災、第一出場。中区山咲町一四六。出場隊、湊指揮一、湊二、山咲町一、浜

12

方一……」

ちょうど横浜スタジアムの付近を通過していた浜方隊の消防車は、指令を受けるやサイレンを吹鳴させ、速度を上げた。現場は中華街のど真ん中だ。山咲町出張所の管轄だが、距離的には所外活動中の浜方隊が最先着になる可能性も高い場所だった。

立ち昇る黒煙は、遠くからでも確認できた。しかし近づくことができない。中華街を訪れた観光客がそのまま野次馬と化し、現場に近づくほどに数を増やして進路を塞いだ。

「浜方一から消防横浜。浜方一、走行中。黒煙見える。どうぞ」

五十嵐が消防系無線で途上報告を入れる。しかしとても「走行中」といえる速度ではなかった。もはや車を降りて走ったほうが速い。

「どこもまだ着かないのかよっ！　畜生っ」

いつもは最先着を目指す鵜久森ですら、他隊の先着を願っていた。

「浜方一から消防横浜。浜方一、現着。建物東側部署。これより即消活動および人命検索に入る――」

浜方隊が現着したときには、出場指令を受けてからすでに八分が経過していた。あと二分で遅延報告という屈辱的な状況だが、それでも最先着らしい。

「山咲町一から湊指揮一。山咲町一、現着。建物西側部署――」

ほぼ時を同じくして、現場を直接管轄する山咲町隊も現着したらしい。足止めを食らっている間に追いついたらしく、すぐに丘元町隊、本署指揮隊、本署第二消防隊も現着して指揮本部が設定された。

「おいおいおい、こいつはやべえぞ！」

停車し切る前に扉を開きながら、山根が誰にともなく叫ぶ。

車両の進入できない細い路地を入ったところで、すでに三棟が炎上していた。路地を抜けた先には山咲町隊の赤い車両が停車している。炎上中の建物の付近だけはぽっかりと空間が開いているが、その周囲には人だかりができ、おしくら饅頭《まんじゅう》をしていた。遠くまで逃げることはせずに、安全な場所から火災を見物しているようだ。

「筒先は荒川、山根。高柳はホース延長と筒先補助。これ以上延焼させるな」

簡潔な命令を残し、五十嵐が情報収集に駆け出していく。

指示通りに延ばしたホースを消防車の放口に連結した蘭は、筒先を手に現場へと向かった荒川と山根を追いかけた。炎上する横並びの三棟のうち、向かって左側の建物から激しい火の手が上がっている。出火元はこの家だろうか。

やがてその家屋の二階の窓が内側から開き、黒煙の中から人影が現れた。五十歳前後の男性だ。窓に取り付けられた格子状の柵に、ぐったりともたれている。

「要救が！」

放水する山根の背後で、蘭は男を指差した。

「わかってる、んなもん！」

炎上する三棟のうち、右側の建物に放水していた山根は、延焼防止で精一杯なようだ。腰に構えた筒先を動かす気配はない。即消活動においては火を消し止めるよりも、周囲の建物への延焼を防ぐことが優先される。

「大丈夫だ高柳！　救助隊が来てる！」

左側の建物の屋根に放水しながら、荒川が振り返った。

路地を抜けた先に停車した車両から、山咲町特別救助隊が駆けて来るのが見えた。

そのうちの一人が、二連はしごを担いでいる。

「要救があそこにいる！」

荒川が要救助者のいる窓を、顎で示した。

「わかった！　援護注水を頼む！」

「任しとけ！」

救助隊員が建物に近寄っていき、窓に向けてはしごを伸《しん》ていする。

「架《か》てい完了！」

窓のすぐ下あたりにはしごを架けると、一人が支え、一人が登っていった。

「要救一名確認！　意識はありません！　自力歩行は不能！」

隊員の報告を受けて、下で見上げる救助隊長が指示を出す。

「自己確保の上、建物内に進入！」

「了解！　これより自己確保作成します！」

指示を受けた隊員が窓枠に取り付けられた手すりに命綱をつけ、建物内に進入していく。ほどなくぐったりする要救助者を前面に抱きかかえ、はしごを降りてきた。さすがに惚《ほ》れぼれするような手際のよさだ。

「大丈夫ですか、わかりますか」

「おいっ、救急はまだか！」

救助隊員たちが要救助者の周囲で、慌ただしく動き回っている。

筒先補助につきながら要救助者の様子を窺っていた蘭は、やがてホースが急激に萎んでいくのに気づいた。

「なんだおいっ！　水出ねえぞっ！」

荒川が水の止まった筒先を振り、吠《ほ》える。

ポンプ車に積載された一五〇〇リットルの水を使い切ってしまったらしい。通常は後着隊が消火栓に部署し、先着隊のポンプに水を供給するのだが、この人ごみで作業が滞っているようだ。

「ふざけんじゃねえぞっ！　中継どうなってんだ！」

山根が筒先を下ろして人垣のほうを向いた瞬間に、ホースがばすんと破裂音を響かせた。突如として筒先から水が噴き出した反動で、山根が後方に弾き飛ばされる。

「なにやってんだっ！　高柳、筒先っ！」

ふたたび放水を開始した荒川が、地面でのたうつホースを顎でしゃくった。

蘭は暴れる筒先に飛びつき、先ほどまで山根が放水していた方角へと照準を定めた。激しい水の勢いに、手先が大きくぶれる。両膝をついて筒先を構えていた蘭は、編上靴の爪先でホースを蹴飛ばし、身体を覆いかぶせるようにしてホースをZ字に折り曲げた。水の抵抗を弱め、筒先を制御するための禁じ手だ。

やがて二本、三本と他隊から筒先が集合してくる。その中には見慣れない顔もあった。どうやら第二出場がかかり、隣区からも応援隊が駆けつけているようだ。

「劉さんが！」

ふいに金切り声がして、蘭は振り向いた。

山咲町救助隊に救助された要救助者が、意識を取り戻したらしい。ストレッチャーに乗せられながら首をもたげ、青い顔を火災現場に向けている。

「あの家には劉さんがいるんだ！　助けてくれ！　子供のころから、かわいがってもらったんだ！」

「えっ……」

蘭は右側の家屋に延焼防止の放水を続けながら、ようやく他隊が放水を開始した真ん中の家屋を見た。現着したときにはまだそれほどの火勢でなかったその家は、今では完全に炎に包まれている。いわば延焼防止を優先するために、「捨てた」家屋だった。

あそこに、要救がいるの……？

しかしその家からは、最初からまったく人の気配がしなかった。家人が在宅していたとしても、避難する時間はじゅうぶんにあったはずだ。

そうだ、きっと外出しているか、すでに避難したんだ。

そうに違いない――。

そのとき、情報収集に出ていた五十嵐が現場に戻ってきた。

「あの家にまだ要救がいる！　老人夫婦で、奥さんは寝たきりらしい！　動けないんだ！」

救助隊に向かって叫ぶ。

希望が粉々に砕け、視界が大きく揺れた。

「なんだって？」

「マルサンだ！　老人夫婦が取り残されている！」

「この火勢じゃ、いくらなんでも無理だ！　あの家に放水を集中してくれ！」

延焼防止の筒先を残して、すべての放水が真ん中の家に向けられた。

蘭も全身に力をこめて、筒先の照準を燃え盛る炎に定めた。

玄関付近の火勢が弱まる。

「よしっ、そろそろ進入できそうだ！」

破壊用斧《おの》で扉を壊し、救助隊が家屋に進入していく。

「うわっ」

しかし内部の火勢が予想より強かったらしく、すぐに転がり出てきた。

「やばい！　こりゃ無理だ！」

地面に寝転んだ救助隊員が大きく手を振り、さらなる放水を要求する。

「早く……早く！」

蘭は食いしばった歯の隙間から、祈りを吐き出した。しかし黒煙とともに噴き上がる暗い予感が、猛然と希望を焼き尽くしていく。全身を包む悔恨が、蘭の奥歯を鳴らしていた。

もう無理だ、もう遅い、助かるわけがない。

もっと早く要救の存在に気づいていれば……あと少し、あと一分でも、早くに――。

第三出場

1

水損防止シートで目隠しされながら、老夫婦の遺体が収容されていく。

蘭は無力感を握り締めつつ、その様子を見守っていた。

出場指令からはすでに三時間が経過していた。ようやく鎮火したものの、現場周辺は消防・警察だけでなく、詰めかけたマスコミや火事場見物の野次馬でまだ騒然としている。

焼け跡からは、幾重もの水蒸気の筋が立ち昇っていた。

全焼二棟、半焼一棟。なんとかそれ以上の延焼を防ぐことはできたが、勝利とはほど遠い結果だった。長時間炎と格闘した疲労と、救えるはずの命を救えなかった挫折感が、強烈な虚脱の塊となって蘭を打ちのめしている。

「高柳、帰るぞ」

遠くから山根が呼ぶ声も虚ろに響いた。

「おいこら！　なにぼーっと突っ立ってんだ！」

怒鳴られても呆然と立ち尽くしたまま、反応できない。

するとと荒川が歩み寄ってきた。

「──柳、高柳」

何度か名前を呼ばれた後で、肩に手を置かれてようやく、蘭は振り向いた。

「あ……荒川さん……」

「大丈夫か」

「はい。今回は、資機材に異状は見当たりませんでした……」

「違う、おれがいってるのはそんなことじゃない。おまえ自身は大丈夫なのか、って訊いてるんだ」

「もちろんですよ。さすがにちょっと疲れましたけど」

微笑んだのに、困惑の表情が返ってくる。上手く笑えていないらしい。

「助けられたと、思うんですよね……」

老夫婦の家だった場所を見つめながら、後悔が息となって漏れた。

炎上した三棟のうち、出火元は真ん中の老夫婦の家だった。原因は繋ぎっぱなしのコンセントから出た火花らしい。なのに向かって左の家屋がもっとも激しく燃えていたのは、その家がゴミ屋敷と化して燃え種に事欠かなかった上、大量の油が保管されていたからだという。家主は一時休業していた中華料理店を開店するために、油を仕入れた。しかし東日本大震災が起こったことで開店を断念し、そのまま放置していた。

老夫婦の遺体は、店舗部分の奥にある一階の居室で発見された。夫は妻を、背後から抱き締めながら倒れていた。寝たきりの妻を連れて脱出しようとしていたらしい。

二人の遺体は、布団から数メートル離れた位置にあった。出口まであとわずかという場所で、妻を引きずっていた夫は、力尽きた。

焼け跡に出入りする、予防課の話に聞き耳を立てて得た情報だ。

「そう思うなら、つぎ頑張ればいい」

「でも、つぎ頑張っても、つぎの現場にいる要救は、今日亡くなった人たちとは違うんです」

「そんなことはわかっている。だがな……ああ、そうか。つぎの現場とかつぎの要救とかいっても、消防辞めちまうおまえには、もう関係ないのか」

悪戯っぽい笑みに、蘭ははっとした。

「それにしてもおまえ、すっかり消防士らしくなってきたもんだ」

ベルトをずり上げながら、荒川が呟く。感慨深げな横顔に、蘭は内心で首をひねった。

逆だと思った。初任科では、要救助者に感情移入するなと教えている。救えなかった相手のことでいちいち悲しんでいたら身が持たないし、つぎの現場に引きずるようなことがあれば、大きなミスに繋がる可能性もある。

やはり自分は向いていないのだ、五十嵐のいった通り、消防士失格なのかもしれない。そう思っていた。

　きょとんとする入局二年目の女性消防士に、荒川はにっこりと微笑んだ。

「だっておまえ、マルヨンが出た現場は初めてじゃないよな」

「ええ、まあ……」

　現場に配属されてから半年以上が経過し、すでに四十回以上の出場を経験してきた。それだけ場数を踏めば、死体と対面することなど珍しくもない。火災現場での死者の多くは煙を吸った一酸化炭素中毒が死因なので、ほとんどは綺麗なものだが、中には完全に皮膚が焼けて、真っ黒な肉塊と化したものもあった。

　蘭が初めてマルヨンと対面したのは、五度目の出場のときだ。直視できないかもしれない。その後はしばらく、食事も喉を通らないかもしれない。そう考えて気を揉んでいたのに、不思議となんの感情も湧いてこなかった。仕事と割り切れば案外平気なものだと、拍子抜けするほどだった。

「でも、これまでとは違うんです」

「なにが違うっていうんだ」

「今回はたぶん、救おうと思えば救えました。もっと早くに要救の存在に気づいて、内部進入できていれば、なんとかなったんです」

「おかしなこといってやがる」

　荒川が鼻で笑う。

「なにがおかしいんですか」

「おまえが、今回だけはそうだって、決め付けているからさ」

言葉を失った。これまでもそういう状況があったのだろうか。自分が気づかなかっただけで、救おうと思えば救えたという状況が。

「今回、おまえが初めて気づいた……ってだけの話だろう。それはな、おまえに現場でまわりに気を配る余裕ができてきたってことだ。これまではただ命令に従って動いていたから見えなかったまわりの状況が、経験を積むことによって見えるようになってきた。自分の考えや意見を持てるようになった。それはおまえが消防士らしくなってきたっていう、なによりの証明だ……だからって、一人前にはまだまだほど遠いがな」

にやりと笑って、人差し指で鼻の下を擦る。

「おれたちみんな、そう思ってるんだよ。自分が不甲斐《ふがい》ないせいで、助けられる要救を死なせてしまったんじゃないか、もしあのときああしていれば……出場のたびに、いや毎日毎日、そうやって自問自答するのが、消防士ってものなんだ」

荒川が浜方隊の消防車を振り返る。つられて蘭も同じ方向を見た。

鵜久森は運転席に座り、五十嵐と山根は消防車のそばに立っている。五十嵐は目を閉じ、現場に向けて合掌していた。

「二人ともなにやってんだ！　帰るぞ！」

山根が手を上げ、大声で呼ぶ。

荒川はあからさまに無視して、焼け跡に視線を向けた。

「ひよっ子のおまえが気づくことを、おれらおっさん連中が気づかないわけがないだろう。おれなんかは入局したのが遅かったからまだまだだが、あの三人は、おまえが生まれる前から消防士やってんだ。もっと早く要救に気づいていれば、もっと早く内部進入できていれば。悔しくてたまんない気持ちは、みんな同じだ。おまえ一人じゃない。今回救えなかったら、つぎこそは救う。要救に感情移入するなっていうのは、人間の心を捨てろってことじゃない。亡くなった人の無念を心に刻み付けて、それをほかの人を救うための糧にしろってことだ」

荒川の唇の端が、悔しげに歪んでいる。

「どうだ、高柳……おまえ、辞められるのか。こんな悔しい思いしたままよ、この仕事、投げ出せるのか」

蘭は荒川と同じ方向を見ながら、無意識にかぶりを振っていた。

つぎこそは負けない、つぎこそは……必ず、救う。

燃え尽きた瓦礫の山をしっかりと瞳に焼き付け、強く心に誓った。

2

西脇昌弘《にしわきまさひろ》は猫背を丸め、ディスプレイに向かっていた。

「またその動画見てるのかよ」

背後から同僚の吉田《よしだ》が覗き込んでくる。

「まだ休憩時間だから、僕がなにをしようと勝手でしょう」

西脇はディスプレイ右下に表示された時刻を確認すると、カーソルを「再生」の位置に移動させた。

「そういう意味でいったんじゃないよ。よく飽きないな、と思ってさ」

吉田は呆れたように眉を上下させながらも、画面に視線を向け、後輩社員がマウスをクリックするのを待っている。

二人は住井重工《すみいじゅうこう》長崎造船所の社員だった。住井重工長崎造船所は世界に冠たる住井グループの系列会社で、長崎県内に四つの工場を所有している。二人はその中枢となる研究所で、大型船舶の設計に携わっていた。

西脇が右手人差し指に力をこめると、動画の再生が始まった。

大型クルーズ客船の進水式の模様を伝える、中国のニュース映像だった。動画サイトにアップしたのは素人らしく、画像が若干粗い。音声と映像も、わずかにずれている。

二分三十八秒の動画が終わるや、すぐさま西脇がカーソルを「再生」の位置に戻した。

「おいおい、また見るのかよ」

吉田がうんざり顔でたしなめる。

「最初に『宝来号《ほうらいごう》』が危険だといったのは、吉田さんですよ」

西脇はかまわずクリックした。

総重量四万トン、全長二三〇メートルに及ぶ巨大な白い鉄の塊が船台から斜面を滑り降り、高々としぶきを舞い上げた。その後くす玉が割れ、色とりどりの紙吹雪《ふぶき》が降り注ぐ。そこまでは日本の船舶進水式と同じだが、陸地で派手に炸裂《さくれつ》する爆竹の音が、かの国ならではといったところだろうか。

中国船籍の大型クルーズ客船『宝来号』は、中国国内でトップクラスの売上げを誇るアメリカ系電気機器メーカー『上海《シャンハイ》宝来電子』からの、一千億円近い寄付によって建造された。

最初に二人が『宝来号』に関心を寄せたのは、住井重工が独自に開発した発電・推進システムを盗用されたという噂があったからだった。真偽のほどは定かでないが、

『宝来号』の建造を請け負った中国の『西安《せいあん》造船総公司』とは、当初、技術提携の話が進行していただけに、根も葉もない噂と片付けられない。

だが、現在の二人の興味は別のところにある。『宝来号』の安全性だった。

進水式の動画で、集まった関係者や市民を喜ばせた巨大な水しぶきが、その原因だ。

いくらなんでも、水しぶきが高く上がり過ぎているんじゃないか。最初に笑い合ったときには、本来ならこの船の建造にかかわることができたはずなのに、というやっかみ半分だった。ところが繰り返し動画を見るうちに、二人の顔から笑みが消えていった。船の海面への進入速度が、速すぎるように思えてきたのだ。

「調べたんですけど、当日の長江《ちょうこう》の水位は、普段より二メートル近くも低かったみたいです。これが原因じゃないでしょうか」

西脇が大学ノートを開き、几帳面《きちょうめん》に罫線を埋めたデータの数字を指差す。

「おいおい、なんでおまえがそこまでやるんだよ」

吉田は呆れ顔で手を振ったが、やはり研究者の血が騒いだのか、大学ノートをじっと見つめていた。

「山峡《さんきょう》ダムができて以来、長江流域では水不足に悩まされているらしいからな」

無精ひげの顎を触り、顔をしかめる。

「あとは、あれだな……覚えてるか、『酒鋼号《しゅこうごう》』」

「もちろんですよ」

西脇が笑い交じりに頷いた。

昨年九月に中国・甘粛省《かんしゅく》内の黄河《こうが》において、酒造メーカーが二億円以上を寄付するかたちで建造された豪華客船『酒鋼号』が、進水式で沈没するという失態を演じた。そのニュースは世界に配信され、関係者の間で物笑いの種になっている。

「あの船が沈没した原因は、黄河の低水位に加え、船台から水面までの坂に泥が多いせいで、船底に配置されたエアバッグの働きが阻害された結果だという指摘もある」

中国の進水式では、船底に円筒形のエアバッグを敷きつめ、坂道を転がす要領で船体を進めるという方式がよく用いられる。

「ちょっと……もう一度、再生してみてくれよ」

すっかり西脇のペースに乗せられた吉田が、自らマウスを握る。

動画の再生が開始された。

船の支え綱が切られ、坂道を船体が滑り降りる。白い水しぶきが、画面を覆うほどに舞い上がった。その後カメラは陸地で拍手喝采を送る見物客のほうに向かうのだが、その直前、船の滑り降りた直後の坂が映っているところで、吉田は「一時停止」をクリックした。

「ほら、見てみろよ、西脇」

「うん……たしかに、汚れていますね……かなりの泥が付着しているみたいだ」

二人で身を乗り出し、ディスプレイを凝視する。

「『酒鋼号』のときと、まるで同じ条件が揃っていたわけだ……」

吉田は難しい顔で唸《うな》った。

「やっぱりまずいですよね、吉田さん。『酒鋼号』は同じ原因で、沈没しているんですよ」

「ところが『酒鋼号』よりも全長で八倍近い『宝来号』は持ちこたえた……か。持ちこたえてしまった、といったほうが、いいかもしれないな。あの速度で海面に進入したんだから、表面上はなんともなくても、内部でなんらかのダメージを受けている可能性は高い。しかもあの国じゃ、工事を下請け孫請けと投げていくうちに、業者がガンガン費用を中抜きしちまって、実際には工費の何分の一だかで手抜き工事するのが、当たり前らしいからな。『酒鋼号』にかんしても、その点が問題視されている」

中国の建設業界に根強い下請け構造の問題については、西脇もすでに調べていた。中国の建設業界では、「分包」と呼ばれる工事の丸投げが常態化している。下請け孫請けと工事が丸投げされ、最終的に現場で工事に携わる工員には、まるで専門知識のない出稼ぎ農民も多いらしい。結果的に品質を問わない施工になり、現場での管理監督も行き届かず、責任の所在も曖昧になるのだ。そのことが原因で発生した事故は、枚挙にいとまがない。

「吉田さんもなんだかんだで、いろいろ調べてくれたんですね」

「別にたいしたことじゃない。ちょっとググってみただけだ。で、その後の『宝来号』はどうなんだ」

「世界一周クルーズの途中で、今はホノルルを出港したところみたいです」

上海を出港した『宝来号』は、シンガポール、南アフリカのケープタウン、スペインのバルセロナ、イタリアのナポリとベニス、トルコ・イスタンブール、ポルトガル・リスボン、アメリカのボストン、ニューヨーク、パナマ運河を経てメキシコのアカプルコ、そしてホノルルと各地に寄港しながら、百日以上を掛けて世界を一周する予定になっている。

「途中でなにか、トラブルがあったという報告は」

「さすがに、そこまではわかりません……」

西脇は弱々しくかぶりを振って、吉田を見上げた。

「どうしますか」

「どうしますか、って……そんなことといったって、おれたちになにもできるわけがないだろう。今のところ、無事に航行できているわけだし」

「でも……こんな船で世界一周するなんて、危険です。船舶の設計に携わる人間として――」

「あのな、西脇」

諭す口調になった吉田が、西脇の肩に手を置いた。

「たしかにおれらみたいな専門家から見たら、あの船は危ない。しかしだからといって、どうにもならないんだよ。危険性を指摘したところで、同業者のネガティブ・キャンペーンぐらいにしか受け取られないだろう。なにしろ『宝来号』は今のところ、順調に航行している。そもそも自分の会社どころか、日本の船でもないんだ」

「でも……日本にも寄港しますよ、横浜に」

『宝来号』は世界一周クルーズ最後の寄港地として、横浜にやってくる予定だった。

「無事に着いて無事に出て行ってくれるんなら、それでいいだろう。寄港するっていっても、何日も停泊するわけじゃない」

「それはそうかもしれませんけど……でも、吉田さんだって、表面上はなんともなくても、内部でなんらかのダメージを受けているって、いったじゃないですか」

「違うよ。おれは、可能性が高い、っていっただけだ。断言はしていない」

「じゃあ、どうすればいいんですか……」

「まあ、おれたちにできるのは、せいぜい無事を祈ること……ぐらいだな」

吉田が肩をすくめたとき、午後の就業開始のチャイムが鳴った。

「祈るなんて……そんな」

そんな非科学的な方法しかないのか。西脇が顔を上げると、吉田はすでに自分のデスクに戻ろうとしていた。

「祈れ……それか、忘れろ。うちとはなんの関係もない話だ。そんなことより、さっさと仕事しろ」

面倒くさそうに話を打ち切られ、西脇はディスプレイに視線を戻した。

おれだって、なにかが起こることを望んでいるわけじゃない。祈るだけで無事に済むなら、いくらでも祈ってやる。

だがおそらく、確実になにかが起こる。きっと——。

一時停止になったままの『宝来号』を見つめながら、西脇は胸騒ぎを抑えることができなかった。

3

その日は最初から、おかしな雰囲気だった。

出勤してみると、引き継ぎ交代を控えた一課隊員の表情が硬い。いつもは当直を終える解放感があるのだが、挨拶をしても、返ってくるのはどこか強張った笑顔ばかりだった。

「なんでも、一課の装備が盗まれたらしいぜ」

事務所に蔓延《まんえん》する奇妙な緊張の正体を教えてくれたのは、永井だった。

蘭が助勤の確認を終え、お茶とコーヒーの用意をしていると、永井が厨房にやってきた。いつもはマンガ雑誌を読みながらデスクにふんぞり返り、コーヒーが運ばれてくるのを待つのだが、ぎくしゃくした事務所の雰囲気に堪えられなくなったらしい。

永井はポットの給湯スイッチに人差し指を置き、蘭がカップを置くたびにスイッチを押した。たったそれだけのことでも、永井が雑用を手伝ってくれることは珍しい。

「本当ですか」

蘭はカップをポットの注ぎ口の下に置きながら、明日は雨でも降るんじゃないかと思っていた。

「ああ、本当も本当。おれのいうことが信じられないってのか」

「装備って、なにを盗まれたんですか」

「面体だとよ。なんでも夜のうちに誰かが忍び込んだらしく、ガレージがめちゃめちゃに荒らされてたそうだ」

「そうなんだ……」

蘭は手を止め、考えた。

外部からの侵入者といってまず頭に浮かぶのは、空気呼吸器の一件だ。てっきり内部の人間による犯行だと思っていたが、あれも外部の人間の仕業ということだろうか。だとしたら二回とも自分の空気呼吸器というのは、とくに自分を狙ったというわけでもなく、たんなる偶然だったのだろうか。

「おい、話聞いてんのかよ」

永井がぽんぽんとポットを叩く音で、我に返った。

「あ、ああ、はい……聞いてますよ。ちなみに盗まれたのって、面体だけなんですか」

「だけって……ほかになにを盗むんだよ」

「普通なら面体だけじゃなく、パックごと持ち出しそうなものじゃないですか。面体だけあったって、使い物にならないわけだし」

不審げな顔をしていた永井が、ああ、と口を半開きにする。

「たしかに、いわれてみればそうだな、なんで面体だけしか盗まなかったんだろ……案外、重いから持ち出せなかっただけだったりしてな」

さして興味もなさそうに肩をすくめてから、話を戻した。

「そいでさ、警察に届けるべきなのかどうかって、一課の人たちが話してんの。まあ、どうせ消防マニアとかが犯人なんだろうけど。でもほら、装備が盗まれたなんて明るみに出たらやばいだろ。管理不十分とかで、マスコミに叩かれるかもしんないしさ」

「そうですね、たしかに」

「公務員って風当たり強いもんな。なんか犯罪やらかしたら、いちいち実名報道されるし。そういや、勤務中にブログ更新してたって問題になった消防士もいたっけ……そいつってさ——」

永井の声をBGMに、蘭の思考は迷宮に入り込んでいく。

かりに空気呼吸器事件と面体盗難が同一犯だとしたら、自宅に届いた脅迫状はどうなるのだろう。たまたまタイミングが重なっただけで、関連がないということだろうか。

それとも、そもそも三つの事件は、それぞれにまったく無関係なのか。

荒川も疑問を膨らませたらしい。昼食を終えて夕食の支度に取りかかっていると、厨房にやってきた。

「あれ、いったいどういうことだろうな」

「あれ」とはもちろん、面体盗難事件のことだ。

荒川は流しに腰をもたせかけ、ちらちらと厨房の入り口を気にしている。

「さあ、わかりません。正直……混乱しちゃって」

蘭はキャベツの千切りをしていた包丁を止めて答えると、すぐにまたまな板を叩き始めた。考えれば考えるほどわけがわからなくなる。忙しく身体を動かしていないと、おかしくなってしまいそうだ。

しばらく虚空を見上げて思案顔をしていた荒川が、探るようにいう。

「おまえのパックをいじったのと、面体盗んだやつは同じ人間だと考えるのが、いちばんしぜんだよな。だが、そうなるとたんなる消防マニアの犯行ってことになるから、おまえに手紙を送りつけた人間が、別にいることになる……」

蘭は包丁を動かす手もとに神経を集中させ、思考を追い払っていた。

「パックの件と手紙を同じやつの仕業と考えると、今度は面体盗難がまったく無関係ってことになる……それもなんかおかしな感じだ。ああっ、わけがわからねえ。どうなってんだ、畜生っ」

苛々《いらいら》と髪をかきむしった荒川が、身体を回転させて流しに肘をつく。そして遠慮がちに、蘭の顔を覗き込んだ。

「なあ……おまえが気乗りしないことはわかってるが、五十嵐さんに相談してみないか」

蘭は視線に拒絶をこめた。しかし口を開こうとしたところで、背後の扉が開いた。

山根が厨房に入ってくる。

「うん、キャベ千もなかなかの腕になったもんだ。いいぞいいぞ」

まな板に手を伸ばした荒川が、キャベツをひとつまみしながら白々しい話題転換をした。

「相変わらず仲良しこよしだな。どうだ荒川、そろそろ口説き落とせそうか。高柳も一度くらいデートしてやったらどうだ」

「なんだと！」

荒川が気色ばむ。蘭がその腕をとっさに掴むと、わかっている、という感じの頷きが返ってきた。

山根の底暗い笑みが、蘭に向けられる。

「そういえば高柳。そろそろ消防を辞める決心はついたか」

いつもの憎まれ口だ。そういい聞かせてみるが、手紙の内容を思い出すと、深読みが働いてしまう。

「あんた、なにしに来やがったんだ」

顔を紅潮させた荒川が、肩をいからせる。

「きさま、いつになっても上司にたいする口の利き方が直らないな」

山根は不満げに鼻を鳴らしてから、顎を蘭に突き出した。

「お茶を三つ淹れてくれ。おれと、所長と隊長にな」

「わかりました」

山根が背を向ける。しかし厨房を一歩出たところで動きを止め、振り向いた。

「ああ、そうそう。今日の昼飯の生姜焼き、火の通し過ぎで肉が固かったな。食えたもんじゃなかったぞ」

扉が閉まった。

「くそったれが、なんなんだあいつは」

悔しそうにこぶしを握り締める荒川をよそに、蘭はそそくさと湯飲みを取り出し、急須で茶を注いだ。ほどなく怒りを収めた荒川が話を戻そうとするころには、すでに湯気の立つ湯飲みを盆に並べていた。

「なあ、そういえばさっきの話……」

視線を合わせずに、扉に向かう。

「考えておいてくれよ」

曖昧な笑みではぐらかして、逃げるように厨房を後にした。

4

「むかつく！　なんであんなこといわれなきゃいけないの。ちゃんと家にだってお金入れてるし、別に誰に迷惑かけてるわけでもないのに、わけわかんない」

蘭は携帯電話にまくし立てた。

「まあまあ、そういいなさんなって。お母さんだって、蘭のこと心配なんだろうから」

電話口でなだめる声は、美樹だった。

「そんなことはわかってるよ。心配かけてるのは知ってるし。でもさ、あんないい方しなくてもいいじゃない」

「怒るな怒るな。親子喧嘩は犬も食わないっていうじゃない」

「それをいうなら夫婦喧嘩だから」

「そうだっけ。どっちでもいいじゃん。いいから早いとこうちに帰んな。年ごろの娘が夜中ぶらぶらしてると、危ないよ」

灯りの乏しい夜道を、蘭はあてどなく歩いていた。

久々に母と大喧嘩になった。辞めろ、いや辞めない、の水掛け論はいつものことだが、蘭が家を飛び出す決定打になったのは、母の一言だった。

お父さんが今の蘭を見たら、なんていうかしら――。

父が娘の将来についてどう考えていたのか、蘭は知る由もない。そのことをわかった上で、父を味方につけようとする母のずるさが許せなかった。このところ悩んでいたのも、過剰な反応に繋がった。

「別に危なくないよ。鍛えてるしね。脚にも自信があるから、変なのに追いかけられても逃げ切れるもん」

「そうかもしんないけどさ……とにかく帰りなって」

ふわあ、と欠伸が聞こえる。心配しているというより、たんに眠くて電話を切りたいだけのようだ。

「いやだ」

ごねてみるが、率直に本音を告げられた。

「ってか、眠いから。いま従姉妹《いとこ》が家に来ててさ、当直明けでみなとみらいに付き合わされて、昼間、ほとんど寝てないんだよね。今度、ちゃんと聞くからさ。今日は寝かせて。じゃ……おやすみぃ」

通話が切れた。

「なによ……美樹の馬鹿」

液晶画面を睨むと、通話時間は三十六分と表示されていた。寝不足にしては、辛抱強く付き合ってくれたほうかもしれない。それでもまだ吐き出し足りないので、アドレス画面を開き、愚痴をぶちまける相手を探しながら歩いた。

夜風にあたっているうちに、次第に頭が冷えてくる。直線的だった歩みが蛇行し始め、足音も丸みを帯びる。私もいい過ぎた、そろそろ帰ってやるかと思い始めたときだった。

　ふいに背後から伸びてきた手に、肩を摑まれた。

　背筋が冷たくなる。人気《ひとけ》の少ないほうを選んで歩いていたせいで、周囲には通行人もいない。

　振り返ると、相手は背の高い男だった。街灯の逆光に浮かび上がる肩幅は広く、がっしりとした身体つきなのがわかる。

　悲鳴を上げようとしたのに、声が出ない。とっさに地面を蹴った。

「おい、待てっ」

　しかし手首を摑まれた。振りほどこうとしても、力が強くて逃れられない。

「やめてっ、離してよ……助け――」

「おれだ、高柳」

　名前を呼ばれ、蘭は声を吞み込んだ。口を半開きにしたまま、相手の顔を覗き込む。

「なんで……あんたがここにいるの」

　上目遣いの眉を怪訝そうに歪めた。

　そこにはランニングパーカーを羽織り、ニットキャップをかぶった小野瀬が立っていた。

5

「あんたさ、家、どこだっけ」

蘭はコンビニで買った缶ビールのプルタブを倒しながら訊いた。

大倉山公園の展望広場には、二人のほかに人の気配はない。梅の名所として有名で、桜の季節までは多くの見物客で賑わうが、シーズンが過ぎれば閑散となる場所だった。

「駅でいったら、横浜線の小机《こづくえ》の近くだな。ガキのころから、ずっとあのあたりだ」

小野瀬はペットボトルのスポーツドリンクを口に含み、ぐるりと首を回した。

「いつもここら辺、走ってるの」

途方もない距離というほどでもないが、少なくとも小机からこのあたりまで、五キロはある。つまり往復で一〇キロ。当直明けの非番日に、よくそれだけ走ろうと思うものだ。感嘆というよりは、呆れて吐息が漏れた。

「いつも、というわけでもないがな。この公園までは、よく走っている」

そういって小野瀬は、蘭の座るベンチにペットボトルを置き、屈伸運動を始めた。

まだ身体を動かし足りないという雰囲気だ。努力不足を突きつけられた気がして、無意識に鼻に皺が寄る。話し相手が欲しくてなんとなくついてきてしまった選択を、軽率だったと後悔した。

「ところで――」

小野瀬は背を向けて地面に腰を下ろし、両脚を一八〇度に開いた。上体を前屈させながら、さりげなくいう。

「浜方で面体、なくなっていないか」

思わずビールを噴き出しそうになった。

「なっ……なんであんたが、そのこと知ってんの」

「うちの署に面体が一つ、余分にある」

胸をぺたりと地面につけた背中越しの声は、こもっている。

「どういうこと？」

小野瀬が振り返り、立ち上がった。尻を払いながら歩み寄ってくる。

「三日前、中華街の火災あったじゃないか、第二出場かかったやつ。あのとき現場に置き忘れてあったものらしいんだが、うちの先輩が、自分のだと思って持ち帰ったそうだ」

「そんな……それはおかしい。だって、なくなったのはうちの隊じゃなくて、翌日入った反対番の面体だもん」

そしてガレージはめちゃめちゃに荒らされていた。どう考えても泥棒が入って、面体を盗んだとしか思えない状況だ。

「そいつは……妙だな。おまえのじゃなかったのか」

「なんで私のになるのよ」

「先輩の話によると、面体が置き忘れてあった場所ってのが、浜方隊が活動していたあたりらしい」

「だからって、なんで私になるわけ」

蘭はむっとしながらも、ひとしきり記憶を掘り返してみた。たしかに帰所する際、消防車に乗り込むときには面体を持っていた。大丈夫。間違いない。私じゃない。

「浜方でそんなドジ踏むなんて、おまえぐらいしか考えられない」

「失礼ね。こう見えても資機材の点検だけは、しっかりやってるんだから」

「そうか、おまえじゃなかったのか」

小野瀬は意外そうに肩をすくめ、ペットボトルを手にした。飲むのかと思いきや、ペットボトルを地面に置いた。ならば隣に座るのかと思って腰をずらすと、それも違った。ベンチの座面に足をかけて地面に手をつき、腕立て伏せを始めたのだ。

「よくやるわね、あんたも」

蘭は上下する背中に、引き気味の視線を投げかける。

「なにがだ」

ようだ。

努力が日常化しているためか、小野瀬はなんのことをいわれているのかわからない

「それにしてもおかしい。だって、なくなったのは、中華街に出場していない一課の面体なのに」

「なくなった面体が一課のか二課のかなんて、わからないだろう。名前を書いているわけじゃない」

腕を曲げ伸ばしするたびに、小野瀬の声が波打つ。

「……じゃあ、ガレージが荒らされていたのは、どういうことなの」

「そんなことおれが知るわけない。おおかた、面体を失《な》くした浜方隊の誰かが、反対番の面体を拝借して、ついでにガレージを荒らしでもしたんだろう」

「意味がわからないんだけど」

「意味が……わからない？　おれにはおまえが、意味がわからないっていうことの、意味がわからない」

三十回ほど腕立て伏せをしたところで、小野瀬はベンチから足を下ろした。蘭のほうを向いて、地面に胡坐をかく。

「いいか。浜方隊の誰かが、中華街の現場に面体を置き忘れた。そのことを帰所してから気づいた。しかしいい出すことはできない。なにしろ万が一、個人装備が一般市

民の手に渡るようなことがあったら一大事だ。だから反対番の当直日に忍び込んで、面体を拝借した。犯行を外部の人間に見せかけるために、ガレージを荒らした。簡単なことだ」

「ありえない」

「ありえなくはない。やろうと思えば、誰にだってできる」

「いや、そういうことじゃなくて……」

可能か、不可能かを論じているのではなかった。あまりにも浅はか過ぎて、信じられなかったのだ。これが永井ならばどうにか納得できるが、当日、現場に出ていたのは蘭以外、五十嵐、荒川、山根、鵜久森とベテラン揃いだ。

「とにかく、ここ数日のうちにでも本署から各出張所に連絡がいくだろうから、犯人が誰なのかわかるだろう。しかし……残念だな。おそらくそんなことをしでかしたら、隊には居場所がなくなる。ようやくおまえとも、お別れかと思ったのに」

眉根を寄せた蘭が反駁《はんばく》するより先に、小野瀬が言葉を継いだ。

「ところでおまえ、背筋は鍛えてるのか」

「なによ……いきなり」

小野瀬は立ち上がり、しげしげと蘭の全身を眺めた。品定めの視線を固定したまま、背後に回り込む。

「なにすんのよ、ちょっと……やめてよ」

逃げようとする蘭の肩を掴んで、背中を何か所か押した。筋肉の張りをたしかめているらしい。

「これって、セクハラじゃないの」

抗議を無視して、「やっぱりな」顎を触り、ひとり頷いている。

「どうして背筋を鍛えない。せっかくアドバイスしてやったのに」

「余計なお世話よ」

睨みつけた蘭の視界には、小野瀬の後頭部が映っていた。なにかを探すように、きょろきょろと周囲を見回している。

「あれがいいな」

突然、小野瀬が駆け出した。その先には、ブランコがあった。

「ちょっと、なにやってんのよ」

後を追いかけた蘭がブランコの前に到達するころには、小野瀬はブランコの支柱をよじ登り、地面と平行な鉄棒の部分に跨っていた。

「いったい、なにする気なのよ」

「よく見ていろ」

小野瀬は鉄棒をセーラー渡過で渡り始めた。

「こうやって、背中を反らすんだ。この姿勢が大事なんだ。よく見ろ。この姿勢だ。この姿勢を保つために、背筋が大切なんだ。おまえは女であるがゆえに腕力にハンデを負っているが、女であるがゆえに体重も軽い。だからロープブリッジでは、きちんと訓練さえすれば、ある程度は男と対等に戦えるはずなんだ」

「なにやってんのよ……誰かに見られたらどうするの。恥ずかしいから、やめてよね」

小野瀬はかまわずに鉄棒を往復している。

「わかったから……あんたのいいたいことはよくわかったから。だから、降りてきなさいってば」

しばらくして支柱を滑り降りてきた。胸に付着した錆《さび》を払いながら、当然のようにブランコを指差す。

「次はおまえの番だ」

「えっ……なんで私が」

後ずさって逃げようとしたが、腕を掴まれた。

「私、飲んでるんだけど」

「その程度で酔わないことは、同期会での飲みっぷりを見ればわかる」

ビールの缶を取り上げられ、腕を引かれた。

「そういえばあんた、なんでこの前の同期会に顔出さなかったの。来ないなんて、珍しいじゃない」

話題を変えようという努力は、徒労に終わった。

ブランコの支柱のすぐそばまで引きずられて、拘束が解かれた。

「マジで……やるの」

無言で顎をしゃくられる。議論の余地はないらしい。

「私……いちおう女の子なんだけど」

「そういういい訳がしたければ、そういういい訳が通用する仕事に就け。消防隊では、おまえは女である前に消防士だ」

正論すぎて、反論の隙もない。

「わかったわよ。やります、やればいいんでしょう」

周囲を見回して、人目がないのをたしかめる。

せめてスカートを穿《は》いてくるべきだったと、支柱をよじ登りながら蘭は思った。

6

リネット・ルベン・サリドは全身の神経を研ぎ澄ました。

夕食にはまだ早い時間とあって、第二デッキのプリンセスグリルラウンジに乗客の姿はまばらだ。適度な距離を保って規則的に並べられたテーブルのうち、埋まっているのは窓際のごくわずか。とはいえ、三等航海士を表わす肩章を付けている以上、地面に這いつくばるような無様な真似は許されない。

リネットは豪華クルーズ客船の乗組員らしく、背筋を伸ばし、胸を張った姿勢でテーブルの間を悠然と歩いた。視線だけを動かし、純白のクロスに隠されたテーブルの下を一つひとつ確認していく。

やがて赤い靴を履いた小さな細い脚と、それを抱え込むかわいらしい手を見つけた。

リネットはにやりと唇の端を吊り上げた。気づかれないように忍び足でテーブルを回り込み、長い脚を折ってしゃがむ。

「マハリコ、こんなところにいたのかい」

マハリコとは、タガログ語で「愛する人」という意味だ。

「きゃあっ、アーハスに見つかった！」

アーハスは「蛇」。子供のころから手足が長かったリネットは、近所の友人たちからそう渾名《あだな》されてからかわれた。一度その話をしたら、少女も面白がってリネットのことをよく「アーハス」と呼ぶようになった。子供は変な言葉に限ってすぐ覚える。

ばたばたとテーブルの下から這い出て来た少女は、美しいブロンドの髪の毛に、フリルのついた水色のドレスを身につけていた。浅黒いリネットとは対照的に、肌は陶器のように白い。

少女は青い瞳で振り返りながら、逃げ出そうとする。しかしリネットは素早く両手を伸ばし、細い腰を摑んだ。

「こらっ、アーハスから逃げられると思うのか」

手足をばたつかせる少女を胸に抱きかかえ、ラウンジの出入り口へと向かった。

「マハリコ、勝手にこんなところに入り込んじゃ駄目だろう」

「マハリコじゃないもん、ステイシーだもん」

少女はそういって、ぷいと顔を背ける仕草をした。

「ステイシーはおれのマハリコだ。だからいい子にしてくれ」

耳もとで囁くと、満面に笑みが浮かぶ。小さな手をリネットの背中に回し、満足げに頰を擦り付けてきた。

ずいぶん懐かれたものだと、リネットは思う。

二十六歳になるフィリピン人の三等航海士と、五歳のアメリカ人少女。

人種も年齢も、住む世界すらも超えて育まれた友情だった。ステイシーは最近では朝八時から正午までの午前勤務が終わるのを待って、毎日のように遊びに来る。まだ若い三等航海士には運航上重要な仕事を任されることもなく、比較的時間に融通が利くので、リネットもできる限り相手をするようにしていた。ルイジアナの不動産王として知られる祖父のロバートとその妻マリアも、今では孫娘の手をとり、率先してリネットのもとを訪れる。よほど信頼を置かれているらしい。ともに六十を過ぎた老夫婦には、五歳の生命力は手に余るのだろう。

「まるでベビーシッターだな。ちゃんとチップもらってるか」

同じ三等航海士のホセはいつもそういってからかうが、リネット自身も楽しんでいるのだから文句はない。ステイシーと遊んでいると、娘のことを思い出すのだ。

フィリピンに残してきた娘のラミルは、ステイシーと同じ五歳だった。同じ歳の少女に離れ離れになった娘の面影を重ねる三等航海士と、両親を自動車事故で亡くし、祖父母に育てられる気の毒な少女。乗組員四二三名、乗客一二〇〇名もの人間が動き回る巨大なクルーズ客船の中で、二人は互いの空白を埋め合うことのできる存在なのかもしれない。

旅から旅へと世界を渡り歩くクルーズ客船の航海士は、一年の大部分を洋上で過ごす。リネットが故郷マニラの土を踏めるのは、年間わずか三か月から四か月程度だ。久しぶりに自宅に帰ると、娘のラミルはいつも驚くほど大きくなっている。娘の成長はリネットに大きな喜びと、その過程を共有できない寂しさを与えた。娘と同じ年齢の少女と一緒に過ごすことで、リネットは娘の成長を追体験している。

「マハリコ、また少し大きくなったんじゃないか」

腕に感じる重みをたしかめながら、娘もこのぐらいの大きさになったのだろうかとひそかな感慨に耽る。

「背も伸びたんだよ」

誇らしげな笑みに、遠く離れた地で帰りを待つ娘の笑顔を重ねる。

「そうか、じゃあもう一人前のレディーだよな」

「もちろん」

「レディーはラウンジのテーブルの下に隠れるような、はしたない真似はしないもんだぞ」

ステイシーはかくれんぼが好きだった。オレンジジュース片手におとなしく絵本を読んでいたかと思うと、いつの間にか消えている。海に転落でもしたかと肝を冷やすリネットに、いつもテーブルの下から悪戯な笑顔が応えるのだった。最近では祖父母といるときにも、勝手にかくれんぼを始めてしまうというから油断ならない。

「だって退屈なんだもん」

ステイシーは不満げに頬を膨らませた。たしかにシアターやカジノ、ボールルームやプールといった至れり尽くせりの豪奢《ごうしゃ》な施設は大人には遊びきれないほどだが、五歳の少女には退屈なだけだろう。子供に必要なのは遊び道具ではなく、一緒に遊んでくれる友人だ。

リネットは膨らんだ頬を指で突き、笑顔に変えてから提案した。

「じゃあ図書館にでも行こうか」

「もう絵本全部読んじゃったよ」

これにもステイシーは、つまらなそうにかぶりを振った。リネットはやれやれと肩をすくめる。本を読むより廊下を駆け回っていたい気持ちも、わからなくはない。商船学校を目指し始めるまでは、リネットもおとなしく机の前に座っていられない子供だった。

「ねえリネット。ラミルの写真、見せてよ」

リネットは娘の写真を、肌身離さず持ち歩いていた。ステイシーがリネットの娘の話を聞きたがるのは、船内に同年代の子供がほとんどいない寂しさからだろう。

リネットはステイシーを廊下に下ろし、胸ポケットから娘の写真を取り出した。写真の中のラミルは、先ほどまでのステイシーと同じように、リネットに抱かれながら太陽のような笑顔を振りまいている。今ではきっと写真よりもずっと背が伸び、体重も増えているだろう。それもあと十数日でたしかめることができる。数日後に横浜に寄港し、その後上海に着けば航海も終わりだ。久しぶりの故郷が待っている。

しかし航海の終わりは、ステイシーとの別れを意味してもいた。

「かわいいよね」

嬉しそうにラミルの写真に見入る少女の姿に、一抹の寂しさがよぎった。上海で別れた後は、おそらく一生会うこともない。同じ船で過ごしていても、フィリピン人の三等航海士と裕福な不動産王の孫娘であるアメリカ人少女とでは、住む世界が違い過ぎた。

しかし五歳のステイシーには、境遇の違いが理解できるはずもない。

「早く一緒に遊びたいなあ」

ラミルの写真を見ると、いつもそういって笑うのだった。

「そうだね、きっとラミルも喜ぶよ」

リネットは寂しさを微笑みで覆い、ステイシーが握り締める写真に手を伸ばした。

「これ、ちょうだい！」

ステイシーが、さっと身を翻す。

「駄目だよ、それはあげられない」

ステイシーは右に左に身体をよじって写真を守っていたが、やがて駆け出した。数メートル走ったところで振り返り、写真をひらひらと頭上に掲げる。

「欲しかったら取り返してみて！」

ぺろりと舌を覗かせると、ふたたび背を向けて走り出した。今度は鬼ごっこを始めるつもりらしい。

「困ったもんだ……」

リネットはため息を吐く間だけ猶予を与えてから、少女の後を追いかけた。

7

急展開が待っていた。

前日に小野瀬が披露した推理通りだったので、ある意味予想の範囲内ともいえるが、それでもじゅうぶんな衝撃だった。いきなり真相を知らされた荒川、鵜久森にとっては青天の霹靂《へきれき》だったろう。二人とも口を半開きにし、唖然《あぜん》とした表情で固まっている。

もうすぐ昼休憩という時間だった。浜方出張所のガレージの前には、二課の出勤メンバーが集められている。

蘭、荒川、鵜久森の前には、五十嵐と山根が立っていた。相変わらず無表情な五十嵐の隣で、山根は肩をすくめ、顔を真っ赤にして縮こまっている。

「私が……やったというなら、そういうことなのかも……しれません……」

うつむきがちに発する言葉は、通りを行き来する大型トラックのエンジン音にかき消され、断片的にしか内容が聞き取れない。

「なに……いったいなんだっていうんだ」

荒川も聞き取れなかったのか、あるいは聞こえたが理解できないのか、いったん山根のほうへ首を突き出した後、説明を求めるように五十嵐を向いた。

「山根さん、あんたがやったことだ。しっかり説明しろ」

五十嵐は直立したまま、視線で部下を促す。

「はい……えーと、その……面体を現場に……うっかり、その……」

「なんだって？」

荒川が顔色を変えた。事情を察したらしい。

「どういうことなんだ。ガレージが荒らされていたんだぞ」

山根に説明を求めても埒《らち》が明かないと思ったのか、視線は五十嵐を向いている。しかし口を開いたのは、鵜久森だった。

「それも放水長がやったっていうことだろうよ……面体紛失したってことがばれないようにさ」

冷たい口調と同じく、眼差しも突き放したような蔑みを帯びている。

山根は出勤するとすぐに、五十嵐に呼ばれて所長室へと向かった。湊消防署本署から連絡が来たことで、ずっと事情聴取をされていたらしい。全員がガレージ前に集められるまで、蘭がデスクに置いた湯飲みの茶が減ることはなかった。

「あんたなんでそんなことやったんだ！　なにやってんだよ！」

荒川に詰め寄られ、山根はもじもじと手を擦り合わせる。

「すまなかった……」

「すまなかったじゃ済まないだろっ。面体失くしたなら失くしたで、なんで正直にいわないんだよ」

荒川の握り締めたこぶしが上下するたびに、山根の肩が小さく跳ねていた。

激昂《げっこう》する荒川とは対照的に、鵜久森の声は冷ややかだ。

「大問題になると思ったんだろうよ。個人装備が市民の手に渡って悪用でもされたら停職……いや、下手したら免職もんだ」

「だからって……」

振り返ってかっと目を見開いた荒川は、攻撃する相手を間違えたと気づいたらしい。すぐに山根に向き直り、まくし立てた。

「だからって、やっていいことと悪いことがあるだろう！　うちの隊だけじゃなくて、一課にまで迷惑をかけたんだ！　あんたそこまでして、自分の身を守りたかったっていうのか！」

足もとに視線を垂らしていた山根が、地面に呟きをこぼす。

「ここで現場を、離れるわけにはいかないと思ったんだ……」

「あ？」

荒川に訊き返され、視線を上げた顔には怒りが漲っていた。

「ここで現場を離れるわけにはいかないと思ったんだよ！　だってそうだろう。どうして後輩の五十嵐が、おれより先に隊長になるんだ？　それってどう考えてもおかしいじゃないかっ」

「なにいってやがる！　あんたが司令補の昇任試験に落ちるのが悪いんだろうが！」

「どうして毎年受け続けてるおれが合格しなくて、五十嵐は一発合格なんだ！　変じゃないか！　そうだ、やっぱり変だ……きっとなにか、汚い手を使ったに決まってる！」

「きさま、いい加減にしやがれっ」

摑みかかろうとする荒川を、鵜久森が慌てて押し留めた。

「そんな器だから人の上に立てないんだろうが！　上はちゃんと見てるってことだよ！　気づけよ馬鹿野郎っ」

鵜久森の肩越しに、荒川が怒鳴る。

「てめえのミスを人になすりつけるわ、新人隊員はいびり倒すわじゃ、ハナから隊長になんてなれるわけがねえっ！　汚い真似するんじゃねえよ！　高柳が一人でどんだけ悩んだと思ってんだっ」

蘭はぎょっとした。荒川の糾弾の矛先が、空気呼吸器事件や脅迫状にまで及んだからだ。怒りのあまり、すべての事件を山根の仕業と決め付けたらしい。

「おれだけじゃないだろうが！　そんなことでぐだぐだいわれるんなら、永井や照屋だって同じだろう！」

ところが山根は、たんに蘭へのいびりを咎《とが》められたと解釈したようだった。

その瞬間、容疑者リストから山根が外れた。もしも空気呼吸器事件や脅迫状が山根の仕業ならば、こういう反応になるはずがない。

「とにかく荒川、落ち着こう。あんなやつ、殴ってもしょうがないだろう」

鵜久森が荒川を抱くようにして、所内に押し込んでいく。

「高柳、さっきの荒川の発言、あれはいったい……どういう意味だ」

頬に五十嵐の射るような視線を感じた。

「さあ……私には、なんのことか」

蘭はかぶりを振って、小走りに荒川たちを追いかけた。

8

足音が聞こえ、目が覚めた。

すっかり神経過敏になったものだと、我ながら呆れてしまう。

山根の一件から二日が過ぎた。面体盗難は山根の犯行ということで片がついたが、まだ空気呼吸器事件と脅迫状の件が残っている。

蘭はベッドを抜け出し、忍び足で寝室の扉に近づいた。

扉に耳をあて、息を潜める。

トイレに行くのか、それとも事務所に向かうのか。気配に耳を澄ませていると、足音は階段を下りていった。

事務所だ――。

緊張が全身を貫く。しかし、まだ空気呼吸器に細工するとは限らない。以前に永井が友人に電話するために外に出ていたように、なにか別の用事があるのかもしれない。

戻ってくるときに薄く扉を開いて、事務所に下りたのが誰だったのかを確認し、その上で、ガレージに下りて空気呼吸器の圧力指示計をたしかめる。

それがいつもの手順だった。意識するようになってから気づいたが、深夜に事務所へと下りる隊員は、意外なほど多い。なにをしているのかは見当もつかないが、当直に入るとほぼ毎晩、誰かが事務所に下りている。

足音の戻りを待っていると、想定外のことが起こった。

男性隊員用の寝室の扉が、ふたたび開いたのだ。誰かが部屋を出てくる。

蘭は息を呑んだ。

どこに向かうのかと身を固くしていると、新たな足音も階段を下り、事務所に向かっていた。

寝室には、五十嵐、荒川、鵜久森、永井の四人がいたはずだった。そのうち二人が、深夜に事務所に向かっている。

いったい、誰が、なんの目的で——。

混乱から答えを探っていると、突然、階下で怒声が響いた。

「きさま、いったいなにやってんだ！」

蘭はすぐに扉を開き、階段を駆け下りた。

そして事務所に足を踏み入れたとき、飛び込んできた光景に目を疑った。

鵜久森が、永井を組み伏せていた。

「痛《い》てて……なにすんですか、鵜久森さん」

床にうつ伏せに倒れた永井が、泣きそうな顔をしている。

「うるせえ馬鹿野郎！　火消しの風上にも置けねえやつだ」

鵜久森は眉を吊り上げながら、永井の腕をねじり上げる。

「痛っ！　おれはただ、友達に電話しようと——」

「友達に電話するのに、ガレージでパックをいじる必要があるのか！　どうなんだ、えっ？」

その言葉で、視界に暗幕が下りた。

犯人は、永井だったのか――。

喜びはまったくなかった。むしろ知らなければよかったとさえ思えた。

鵜久森の力んだ顔が、蘭を向いた。

「おう、お嬢ちゃん、こいつだよこいつ。パックのエアーを抜いた犯人は。誰が犯人なのか、ずっと気にしてたんだ。まさかとは思ったが、おまえだったとはな」

「違いますって、鵜久森さん……痛い、痛いっすよ」

永井は空いたほうの手で床を叩くが、鵜久森が余計に力をこめたらしい。苦悶《くもん》の表情が、さらに大きく歪む。

ふいに、蘭の脳裏に疑問が浮かんだ。

どうして鵜久森は、空気呼吸器の件を知っているのか。荒川が喋ったのだろうか。

そのときちょうど、背後から慌ただしい足音が下りてきた。足音は二つだった。荒川と五十嵐だ。騒ぎに気づいて起きてきたらしい。

「どうした」

蘭の隣まで来て、荒川はぎょっと顎を引いた。

「こいつ、お嬢ちゃんのパックからエアーを抜いてやがったんだ」

鵜久森が組み敷いた永井を顎でしゃくっても、なにが起こっているのか理解できない様子だ。

「なんだって」

遅れて驚きがやってきたらしく、思い出したように両肩が跳ねる。驚愕の表情が蘭を向いた。

「高柳、おまえウクさんにも話していたのか」

どうやら、鵜久森に話したのは荒川ではないらしい。

「違いますって……おれも、高柳のパックをチェックしてたんすよ」

永井は半泣きで弁解するが、鵜久森は納得しない。聞こえよがしに舌打ちをした。

「きさま、さっきは友達に電話しようとしたっていってたくせに」

「それは、誰が犯人かわかんないじゃないっすか……鵜久森さんを疑ってるってわけじゃないっすけど……いや、ぶっちゃけ、みんなを疑ってましたけど……だから、あ痛《い》たたた、痛い痛い」

鵜久森の眉が吊り上がり、永井が悲鳴を上げる。

すると荒川が、突如として噴き出した。肩を細かく震わせ始める。

「ウクさん、離してやれよ。違うから……永井は」

ようやくといった感じでいい終えると、そこからは腹を抱えて笑い出した。

鵜久森と永井が、きょとんと見上げている。

「いや、悪い悪い」

目もとを拭う荒川の声は、まだ笑いを残していた。

「おれだけだと思っていたが、どうやらみんな、気づいていたらしいな。そう思うと、なんか自分がアホらしくなってさ」

蘭もようやく、答えに辿り着いた。

二度目に空気呼吸器の残圧が低下していたとき、一緒に出場していたのは蘭と荒川のほか、鵜久森、永井、山根だった。荒川だけでなく、鵜久森と永井も、蘭が自分の空気呼吸器を使用しなかったことに気づき、それを『ジョイフルタイム』で空気呼吸器の残圧が落ちていた事実と結びつけて、内部の誰かが故意に空気を抜いていると疑ったのだ。

「えっ……荒川も？」

鵜久森がぽかんとしながら、ゆらりと腰を浮かせる。

「マジっすか。みんな、そうだったんだ……」

ようやく解放された永井が、肩を押さえながら立ち上がった。

張り詰めた空気が、じんわりとほぐれる。荒川と鵜久森と永井。三人ともが、仲間を疑ってしまった気まずさと、この中に犯人はいないのだという安心感の入り混じったような、微妙な照れ笑いで目配せを交わし合っていた。

「どういうことだ」

当日、週休だった五十嵐だけは、事情が呑み込めないようだ。疑問を浮かべた視線を、隊員たちに巡らせる。

「いや、五十嵐さん、実はな――」

先鞭《せんべん》をつけたのは荒川だった。

9

荒川の話を蘭、鵜久森、永井が補足するかたちで、五十嵐に説明した。脅迫状については初耳だった鵜久森と永井は、驚いた様子で途中から聞き役に回った。

「なるほどな」

デスクに尻を乗せて腕組みをしていた五十嵐が、軽く顎を引いた。

「事情はわかった」

「悪かった、永井。すっかり犯人だとばかり……」

「ほんと勘弁してくださいよ。鵜久森さんの本気モード、マジでやばいっすから」

鵜久森がしきりに合掌し、永井がふてくされている。

「まあ、ここにいる人間は全員シロだとして、じゃあ、犯人はいったい誰なんだ」

荒川が隊員たちの顔を見回した。

「外部の人間ってことなんすかね」

首をかしげる永井に、鵜久森がかぶりを振る。

「それはおかしいだろう。明らかにお嬢ちゃんを狙ってるんだ」

「そうだ。装備の扱い方を心得ているから、少なくとも消防の人間であることは間違いない」

荒川が頷いた。

「そうっすよね……だからおれら、お互いを疑ったんすもんね。ってことは、犯人は今日休みのやつってことか」

永井の発言を受けて、鵜久森が虚空を睨む。

「今日の週休は、江草と照屋だな」

「消防隊ではそうだが、救急隊の可能性もあるぜ」

荒川が指摘した。

「そうっすね……と、いうことは」

「あの……」

犯人捜しを始めた三人の会話に、蘭が割って入った。

「なんだ、お嬢ちゃん」

「もう……やめましょう」

その提案に真っ先に反応したのは、永井だった。

「馬鹿野郎。こんなことしたやつを放っておくっていうのかよ。おまえが許してもな、おれが許せねえ。いっておくけど、おまえのことを心配してるわけじゃねえぞ。そんなクズと一緒に働いてると思うだけで虫唾《むしず》が走るんだ」

「だけど……私ずっと考えていたんですけど、正直なところ、ここにいる全員のことを疑ったこともありますけど、やっぱり浜方の誰かがやったとは思えないんです」

「お嬢ちゃん、気持ちはわかる。おれだってここの職員の誰かが、そんなことをしたとは思いたくねえ。でもな、パックのエアーを抜くなんて行為は、もう悪戯のレベルを超えている。ましてや脅迫状めいた手紙まで寄越してるんだ。もしも二課に犯人がいるなら、放っておくわけにはいかない」

「もしも本当に、二課に犯人がいるのなら……な」

腕組みのまま発言した五十嵐に、全員の視線が集中した。五十嵐は隊員一人ひとりに顔を向けながら、話し始める。

「パックのエアーを抜いた犯人が、高柳を狙ったことは間違いないだろう。だが、浜方の職員である根拠は……なんだ」

「それはさ、高柳は初任科出たばっかで、前にほかの出張所にいたなんてことも、ないんだから。よその人間から恨みを買ういわれなんて……」

五十嵐に見つめられているうちに自信がなくなったのか、荒川の語尾は萎んだ。

「それだけが、根拠か」

「でも隊長、そう考えるのが、普通じゃないでしょうか」

今度は永井が食ってかかる。

「なぜだ」

「パックのエアーを抜く、しかも当直の隊員に見つからない短時間で……というのは、装備の扱い方がわかってないと、できることじゃありません」

「だから職員の犯行だと、いいたいのか。退職した人間もたくさんいるし、マニアの中には、消防装備の知識が豊富な者だって少なくないというのに」

反論しようと口を開いた永井だったが、結局は言葉を継ぐことなく視線を落とした。

「そうはいうけど、このまま犯人を野放しにしてたら、お嬢ちゃんがかわいそうじゃないか」

「その結果が、今日の騒ぎか」

指摘されて、鵜久森は「そりゃまあ……なあ」と気まずそうに頬をかいている。

これ以上意見は出ないのかと確認するように瞳を左右に何度か往復させてから、五十嵐はいった。

「おれたち消防士は、一人ひとりが市民の生命を預かっている。日々の訓練は災害現場で最高のパフォーマンスを発揮し、市民を救うためのものだ。隊員同士が互いを信頼できずに、夜中にこそこそと起き出して寝不足になっているような状態で、現場で最大限の力が発揮できると思っているのか。一瞬の判断ミスで、誰かが命を落とすことだってありえるんだぞ」

そこまでは厳しい表情を保っていたが、ふっと笑いを漏らす。

「しかし……おまえたちを誇りに思う」

しょげ返っていた隊員たちが、弾かれたように顔を上げた。

「だがもう、当直勤務中の探偵ごっこは終わりだ。おれは隊長として、隊員の体調を万全に保つ努力をしなければならない。夜中に起き出してパックの残圧を確認するなど、許さん」

「でも隊長……もしも誰かがガレージに侵入してきたら、どうするんですか」

永井の疑問への回答は、明快だった。

「高柳のパックだけは、二階の寝室で保管することにする。それでいいか」

永井、荒川、鵜久森が頷くと、五十嵐は蘭を向いた。

「今後はどんな小さな異変でも、報告するんだ」

「わかりました」

永井と鵜久森が、それぞれガレージから蘭の空気呼吸器と予備のボンベを抱えてくる。

「みんなもう、寝室に戻れ。災害は時と場所を選ばない。いつ出場指令が下るかわからない。そのときに備えて、身体を休めておくんだ」

五十嵐に促されて、全員が寝室への階段をのぼり始めた。

蘭が寝室の扉に手をかけると、荒川から肩に手を置かれた。

おれのいった通りに、信用できる人だったろう。笑顔がこの上なく得意げに語っていた。

10

呼び出し音が途切れ、電話口にいつものぶっきらぼうな声が聞こえた。

「なにか用か」

唇を真一文字に結んだ小野瀬の仏頂面が浮かび、原翔子は口もとを綻ばせる。

「ずいぶんなご挨拶ね。用がなければ、電話しちゃいけないの。今日は非番だろうから、声が聞きたくて」

「これから走ってくるんだ。用がなければ切るぞ」

「女より市民の安全かあ……消防士の鑑《かがみ》だね。私という女がありながら」

茶化してみるが、反応はない。小野瀬は押し黙っている。

「もう……そっとしておいてあげたらいいじゃない」

かすかに息を吸う気配。どうやら図星らしい。

「彼女、すごく悩んでいるのよ。消防士を辞めようかとまで、思いつめているの。そんなときに……」

「彼女って、誰だ。なんの話をしているのか、さっぱりわからないが」

つくづく嘘をつくのが下手な人だと、翔子は思った。

小野瀬がジョギングコースとして、いつも自宅から大倉山公園周辺まで走っているのは知っていた。以前は素通りしていたその行為の意味が、最近でははっきりとわかる。

小野瀬はその近辺に蘭の自宅があることを知っているから、その場所を目的地に選んでいるのだ。

「蘭ちゃん、お仕事、一生懸命に頑張ってるの。だから、邪魔してほしくないの」

「おれが、あいつの邪魔をしてるといいたいのか」

「そうじゃ……ないけど。蘭ちゃんを余計なことで悩ませずに、仕事に集中させてあげたいの。応援してあげたいの」

それほど蘭のことを知っていたわけではないが、同期会で悩みを打ち明けられてから、そう思うようになった。

「おれだってそうだ」

「本当に？」

つい詰問口調になってしまう。

「当たり前だろう。同期なんだ」

小野瀬の声は、不愉快そうだ。

「本当に、それだけなの？」

「なにがいいたい」

空気呼吸器事件と脅迫状の件については、切り出すことができるはずもない。

どうして、どうして……。

翔子が疑問を喉に詰まらせていると、名前を呼ばれた。

「なに」

「ひとつ、いっておく。人間は、必ずしも望んだ結果が得られるわけじゃない」

視界が暗くなった。

やはり、蘭ちゃんに……。

「あなただってそうなのよ。わかってるの？　お願い、だからもう――」

思い留まらせようという懸命な訴えを、抑揚のない声が遮断する。

「もう出るから、切るぞ」

気配が遠ざかり、通話が切れた。

11

呼吸のリズムに気をつけながら腕を振り、両足で交互に地面を蹴る。

本牧《ほんもく》ふ頭《とう》の方角に走ると右手には港湾労働者をあてこんだラーメン屋が軒を連ねていて、錦町交差点の向こうには巨大なコンテナの山が見える。交差点では信号を渡ることなく立ち止まり、来た道を引き返した。出場指令の拡声が届かない場所まで離れるわけにはいかない。浜方消防出張所前の歩道橋まで戻ると、ふたたび踵を返して本牧ふ頭の方角へと走った。

引き継ぎ交代の直後から、蘭はランニングを続けていた。すでに一時間以上走っているせいで湿った下着が気持ち悪いが、筋肉は心地よい緊張を保っている。

規則的に息を吐き出していると、脳裏にさまざまな想いが去来する。

空気呼吸器のエアーが抜かれた。自宅に脅迫状を送りつけられた。

面体盗難騒動は結局、自分に向けられた悪意とはなんら関係がなかった。山根が保身のために工作したことだった。それにより、すべてが振り出しに戻った。

誰かが自分を憎んでいる。誰かが自分に、消防士を辞めさせようとしている。それは紛れもない事実だ。

だが蘭は、以前ほど悩んではいなかった。

全身に力が漲ってくる。潮風を浴びながら、清々《すがすが》しく微笑むことさえできる。

「なに一人で笑っている。キモいぞ、おまえ」

隣からの声にぎょっとして顔をひねると、小野瀬が並走していた。とっさにスピードを上げたが、振り切れない。余裕の笑みでついてくる。

面体騒動を起こした山根は、翌日から病気療養という名目で年次有給休暇を消化している。なんらかの処分があったわけではないが、さすがに居づらくなったのだろう。

小野瀬は山根の穴を埋める助勤として、浜方出張所に派遣されたのだった。

「さすがインターハイ出場の実績は、伊達《だて》じゃないな」

「あんたもやるじゃない」

錦町交差点で、くるりと踵を返す。出張所に向けて走り出した。

「浜方は、いい人ばかりだな」

規則的な息の狭間から、小野瀬がいった。

小野瀬はすぐに浜方隊の雰囲気に馴染んだ。あまり小野瀬に好感を抱いていないようだった永井とでさえ、すぐに打ち解けた。普段の不遜な言動を目にしていたので意外だったが、考えてみれば小野瀬も本署第二消防隊では下っ端だ。先輩を立てる処世術は身についているらしい。

「嫌な人もいたけど、年休取ってるから。その代わりに、嫌なあんたがいるんでしょう」

ちらりと視線を向けると、いつもの不敵な笑みが返ってくる。

蘭はスピードを上げた。しかしやはり小野瀬は離れない。

浜方出張所前の歩道橋まで来ると、ふたたび本牧ふ頭の方角へと駆けた。

「そんなに浜方が気に入ったなら、正式な隊員になればいいんじゃない。私、あんたと代わってあげようか」

「馬鹿いうな。おまえに本署から、お呼びがかかるとでも思っているのか。かりにそうなっても、三日でへばる」

「やってみなきゃ、わからないわよ」

「やらなくても、共同訓練の様子を見ていればわかる。第二消防隊の訓練は、あんなぬるいもんじゃない」

さらにスピードを上げたが、小野瀬を振り切れなかった。

「そういえば、おまえ、はしご搭乗を持っているらしいな」

鵜久森から聞いたに違いない。鵜久森は第二消防隊から派遣された若手隊員に興味津々らしく、最初から親しげに話しかけていた。

はしご搭乗員は、はしご車のバスケットに乗り込むための資格だ。消防の仕事にはこまごまとした資格が設定されており、講習を受けて資格を取得しないと、できない仕事も多い。蘭も配属早々に、はしご搭乗員の講習を受けた。

「持っているから、なんなのよ。あんただって、持っているでしょう」

小野瀬は答えない。わずかに唇を歪めている。

「ひょっとして、持ってないの」

「署所によって方針が違うというだけだ」

「私が一歩リードしてるっていうことね」

「バスケットに乗れなくても、よじ登って要救を助ける」

錦町交差点で、方向転換する。小野瀬はまだついてきているが、脚が後ろに流れ、フォームが乱れ始めていた。

「あんたなら、本当にやりかねないわね。でも無茶しないで、高所での救助は私に任せなさい。あんたが死んだら、悲しむ女がいるでしょう」

「なにをいってる。おれのことをマザコンだとでも思ってるのか。まあいい。おれはただ、目の前の要救を救うだけだ」

翔子を思い浮かべていた蘭にとって、予想外の返事だった。

「へえっ……意外」

「なにがだ」

こめかみに汗の筋を垂らしながら、小野瀬が怪訝そうな顔をする。

「あんたって、隠し事とか苦手なタイプだって思ってたから」

「得意か苦手かは知らないが、嘘は嫌いだな」

「そのわりには、まるで女に興味ないようなこといっちゃってさ」

「なにがいいたい。嘘も嫌いだが、おまえのその遠回しな物いいも苛々するな」

「私……知ってるんだけど」

横目で追及すると、小野瀬が「ああ、あのことか」と苦笑した。

「合コンには、行ったな。だが、好きで行ったわけじゃない。都筑本署の土屋からどうしても来てくれと、頼まれたからだ」

「マジで?」

「ああ、マジだ。ああいうのは、もともと好きじゃない」

行為自体を責めたのに、弁解は動機についてのものだった。

「しょうがないやつだね、あんたって男は」

「仕方が……ないだろう。付き合いってもんが……ある」

小野瀬の呼吸が乱れ、喘ぎ始めていた。

「ほどほどにしときなよ。翔子ちゃん、泣かせないようにさ。あんたにはもったいないぐらいの、いい子じゃない」

「翔子……人事課の、原のことか……」

「そうだよ、このチャラ男っ」

いっきにスピードを上げて、視界から小野瀬を消し去った。

「救助大会、楽しみにしてるぞ！　吠え面をかかせてやる！」

追いすがる負け惜しみを振り切って、蘭は走った。

前だけを見て、振り返らなかった。

12

「おい、起きろ、アミターブ」

乱暴に肩を揺すられて、アミターブ・カーンはのっそりと身体を起こした。

「誰だ……」

重い瞼を開いて暗闇に目を凝らす。ベッドサイドに手を伸ばし、照明のスイッチを倒してみたが、電球はぴかりともしなかった。

「なんだ、これ……切れてんのか」

何度かスイッチをいじってみても、まるで反応がない。

「この船全体がこうなんだよ」

その声を聞いて、ようやく睡眠を妨げた相手がわかった。顔が見えたわけではない。南米訛《なま》りの強く残る英語のせいだ。

「イポリトか」

イポリトはアルゼンチン生まれだ。インド人のアミタープと同じ二等機関士。『宝来号』に乗船してからの付き合いだが、百日以上も寝食をともにしていれば、それなりに親しくなる。

「なんなんだよ、畜生……」

相手が気の置けない陽気な南米男の同僚だとわかって、口調にも遠慮がなくなった。

「停電だとよ。機械室見て来いって」

イポリトが肩をすくめたかわからないが、たぶん今のいい方だとそうしたのだろう。

「またかよ」

アミタープはうんざりと額に手をあてた。『宝来号』は上海を出港して以来、電気系統のトラブル続きだ。高給に惹《ひ》かれ、メキシコ西海岸をクルーズする『ダイアモンド・プリンセス』から乗り移ったものの、これほど忙しいのならば選択を誤ったかもしれない。

「今、何時なんだ」

暗闇の中で目覚まし時計を探してみるが、見つからない。

「さあな、たぶん四時前ぐらいじゃないか」

「どうせみんな寝てるんだから、朝になってからでいいだろう」

「そうもいかないだろ。航海士や通信士が騒いでる。それに、宵っぱりの乗客もな」

「こんな時間に起きている乗客がいるのか。まったく、いいご身分だ」

「どっちにしろ、七時には出港できるようにしておかなきゃならないんだ」

南米出身のくせに、イポリトは妙に勤勉なところがある。たいするアミタープは、よく仕事をサボっては機関長に叱られた。本当は出身国が逆なんじゃないかというのが、二人で交わすお決まりのジョークだ。

「七時出発ってことは、おれの国だと昼の二時くらいに出ればいいんだぞ」

目を擦って睡魔を追い払いながら、アミタープは最後の抵抗を試みた。

「おれの国でも大差ないよ。でも、ローマにあってはローマ人のように振る舞え、だ」

「おれはローマ人じゃないぜ」

「わかってるよ、そんなアクセントで話すローマ人はいない。とにかく起きろ」

強い光に目が眩《くら》んで、アミタープは手で顔を覆った。懐中電灯の光を向けられたのだ。

寝室を出ると、足もとを照らしながら階段を下り、機械室へと向かった。かんかん、と壁に反響する二つの硬い足音が、何人ぶんにも聞こえる。

二人は故郷に残してきた恋人の話をしていた。アミターブは航海を終えて故郷に帰ったら、幼馴染みと結婚する予定だった。イポリトは三人の恋人とのデートをどうローテーションするか、頭を悩ませている。仕事ぶりとは裏腹に、女性観には典型的な国民性が表われていた。

「いい加減、おまえも誰か一人に絞ったほうがいいんじゃないか」

アミタープは不誠実な南米男の背中に話しかけた。

「なにいってやがる。幼馴染み一人しか女を知らないようなやつに、アドバイスされたかないね。サンプルは多いほうが、データは正確になるんだぞ。世界にどれだけの女がいると思うんだ」

イポリトが振り向きながら鼻を鳴らす。

「おまえ、天罰が下るぞ」

「キリストは寛大だ。おまえたちの神と違ってな」

機械室の扉の前に到着し、イポリトがなにげなくノブに手を伸ばした。

「熱っ」

慌てて手をひっこめ、目を丸くしてアミタープを振り返る。

「どうした。早くも天罰が下ったか」

「なに冗談いってるんだ。すごく熱いんだよ、このドア」

「なんだって……」

アミタープは懐中電灯の光をまず扉のノブに向け、それから扉のかたちに沿うように四角く動かした。

「なんか……煙が出てないか」

イポリトが眉をひそめ、視線を周囲に巡らせる。たしかに懐中電灯から延びる光線の中を、うっすらと白い筋が泳いでいた。扉の周囲に漂う煙は、隙間から扉の奥へと吸い込まれているようだった。機械室の中でうごめく炎が、酸素を求めて手ぐすねを引いていることなど、二人の二等機関士には知る由もない。早く中を確認しなければと、焦っただけだった。

「やばくないか、これ」

「とにかく中を見てみよう」

「でも、ノブがすごく熱いんだ」

指先を火傷《やけど》して怖気《おじけ》づいたイポリトを尻目に、アミタープは素早く作業用の手袋を装着した。そしてノブを握り、いっきにひねる。

酸素を与えられた炎が、猛然と噴き出した。

バックドラフト――。

突然襲いかかった炎により、アミタープは火だるまになった。

「アミタープ！」

イポリトはアミタープに抱きつき、床を転がった。その間にも、炎は電気コードを伝って上へ上へと昇っていく。ようやく衣服の火を消し止めると、イポリトはぐったりとする同僚を肩に抱いた。急いで階段を駆け上がる。しかし炎のほうが何倍も速かった。のぼってものぼっても、煙は消えない。むしろ濃度を増して、二人を包み込んだ。

「ああ、神よ……」

もうもうと立ちこめる煙の中で十字を切りながら、イポリトは神などこの世に存在しないのだと絶望した。

13

「消防横浜から各局。中区海岸通《かいがんどおり》一丁目、船舶火災入電中。中区海岸通一丁目、船舶火災入電中。以上、消防横浜」

浜方出張所の照明連動ボタンが作動したのは、暗闇にうっすらと朝が宿り始めた、午前四時二十三分だった。

「船舶火災、第一出場。中区海岸通一丁目一番四号、横浜港大《おお》さん橋《ばし》国際客船ターミナルに停泊中の客船より出火。出場隊、湊指揮一、湊二、山咲町一、浜方一……」

「客船からだと?」

司令情報に聞き耳を立てていた荒川が、顔色を変えた。大さん橋国際客船ターミナルに入港する客船の巨大さは、横浜市民なら誰もが知るところだ。相当数の要救助者が存在するだろうことが予想された。

「なんで……そんな」

永井の顔からは、すっかり血の気が引いている。

「とにかく行くぞ」

五十嵐に先導されて、浜方隊はガレージへと飛び出した。

耐熱防火衣を身につけ、消防車に乗り込む。

県道八二号線を猛スピードで北上した。

「消防横浜から中区船舶火災出場各隊。現場は中区海岸通一丁目一番四号。横浜港大さん橋国際客船ターミナルに停泊中の中国船籍客船『宝来号』から出火。炎上中。なお本災害をこれより災害サンイチと呼称する。以上、消防横浜、二十五分」

「あっ」蘭が車載無線機の支援情報に反応した。

「どうした」

隣で小野瀬が顔をひねる。

「その船、前にニュースでやってるの、見た」

「ああ、市が誘致したらしいな。おれも見たことがある。なんでも――」

ふたたび無線機から流れる支援情報が、会話を遮った。

「消防横浜から災害サンイチ出場各隊。山咲町一、途上報告。黒煙確認。以上、消防横浜」

国際客船ターミナルは山咲町出張所からは、目と鼻の先だ。山咲町隊が最先着隊として、放水活動を開始することになるのは確実だった。

「湊指揮一から消防横浜。湊指揮一、活動命令。先着隊は人命検索、並びに避難誘導を最優先実施。各隊、早期包囲体制を確立せよ」

「山咲町一から消防横浜。山咲町一、現着。火点東側直近水利部署。火災は炎上中。これより火点への注水並びに人命検索を開始する」

やはり山咲町隊が最先着だった。火点への注水が開始されたという情報で、車内にうっすらと安堵の空気が漂う。しかしそれも束の間だった。

「消防横浜から災害サンイチ出場各隊。緊急情報、緊急情報。船舶内にマルニいる模様。関係者からの情報によると、マルニは乗員乗客合わせて一六二三名。以上、消防横浜」

蘭と小野瀬は蒼ざめた顔を見合わせた。

「う……嘘だろっ？」

鵜久森の叫び声が、サイレン音に重なる。

「せ……千……」

永井は口をぱくぱくとさせているが、それ以上、声が出ないようだ。

「浜方一から消防横浜。浜方一、走行中。黒煙見える。どうぞ」

送受話器に語りかける五十嵐の声も、さすがに硬い。

横浜第二港湾庁舎脇のゲートをくぐると、道はまっすぐに二階建てのターミナルビルへと続いている。展望デッキへと至る歩行者用のなだらかなスロープが二本、玄関前のロータリーを左右から挟むかたちに延びているので、洋上に浮かぶ縦長の小山のような印象だ。ターミナルビルの付近に停車する警察車両は、すぐ近くの横浜水上警察署から駆けつけたものだろう。数人の制服警官が消防車に向かって大きく手招きしている。

しかし誘導の必要はなかった。ターミナルビルを挟んで山下公園側と新港側、二股に分かれた岸壁に停泊する二隻のうち、どちらが現場なのかは一目瞭然だ。向かって左手の新港側が、昼のように明るい。なのに空だけは、夜へと時計の針を巻き戻そうとするように黒く濁っている。

普段は閉じられた岸壁への進入口の金網はすでに大きく開け放たれていた。

鵜久森が左にハンドルを切る。

「地獄だ……」

永井の震える呟きは、電車の中で聞く見知らぬ誰かの会話のように、蘭の意識をかすめて素通りした。

現実感が薄かった。蘭の視線は対岸のみなとみらい地区で時を刻む大観覧車の中心を捉えていた。本能が現実から目を背けさせていた。

ランドマークタワーを始めとした高層ビル群を従える大観覧車。その手前にたたずむ赤レンガ倉庫の広場には、なにかのイベントを控えているのか、白いテントが設置されている。そよそよと揺れる赤レンガパークの木々、そして穏やかに凪《な》いだ海。

そこには横浜の街の、いつも通りの静かな一日の始まりがあった。

しかし岸壁に進入した消防車が加速すると、のどかな日常は彼方《かなた》に消え去る。視界は目を逸らしようがないほどの、一面の業火に覆われた。車体を包み込む強烈な熱気がフロントガラス越しの景色を歪め、浜方隊全員から表情を奪っていく。

横浜港大さん橋国際客船第一ターミナルには巨大な客船を包み込む炎が、轟々《ごうごう》と凶悪な雄たけびを上げていた。

予防課の調査により後に判明することだが、『宝来号』の火災がここまで激しくなったのには理由があった。

機械室で上がった火花はちろちろと揺れる炎となって、まず電気系統を制御するケーブルを焼き切った。突然の停電により乗組員・乗客を混乱に陥れ、同時に火災探知システム、スプリンクラー消火装置、局所水噴射消火装置等の保安・消火設備を無力にした。

点検に訪れた二等機関士をバックドラフトで吹き飛ばした炎は忍び足で、しかし客室部分に差しかかってからは、猛然と牙を剝《む》いた。断熱材として使用されていた押出ポリスチレン、つまりは発泡スチロールに引火したためだ。

ポリスチレンは断熱性に優れ、安価で軽量というメリットの反面、一度着火すると急激に延焼が拡大するという危険性を抱えている。

二〇〇八年、アメリカ・ラスベガスの有名カジノホテル『モンテカルロ・リゾート・アンド・カジノ』火災、二〇〇九年、中国・北京《ペキン》で建設中だった地上三十階建ての高層ビルがわずか二時間半で全焼した『TVCC』電視文化センタービル火災、翌二〇一〇年、中国・上海で五十八人もの死者を出した高層マンション火災、同年、韓国・釜山《プサン》での三十七階建て高層マンション火災。すべて断熱材として使用されていたポリスチレンが原因だといわれている。日本でも二〇〇九年、同様の原因による神戸での倉庫火災で、一人の消防士が殉職する悲劇が起きた。

「浜方一から消防横浜。浜方一、現着。これより自然水利での放水を開始する」

現場に着くや、五十嵐は海水を利用しての消火活動を即断した。鉄の塊に海水を浴びせれば錆《さ》びて使い物にならなくなるが、そんなことを気にしている場合ではない。最先着の山咲町隊も、すでに自然水利を利用している。

吸水管を海に落とし、搭載する中ではもっとも太い六五ミリホース四本での放水が開始された。蘭、永井、小野瀬、それに普段は情報収集や指揮にあたる五十嵐も筒先を手にした。同じく六五ミリホース四本で消火活動にあたる山咲町隊を加え、八本もの白い放物線が陸地から放たれている。それでも全長二三〇メートルに及ぶ船体をカバーしきることはできなかった。視界を覆うようにそびえる壁のあちらこちらで、消し止めたはずの炎が内側から噴き出し、白い船体を黒く焦がしていく。船体側面を駆けのぼる無数の煙の筋は合流しながら太く、濃い帯となり、それ自体が生き物のようにうごめきながら、薄暗い空を不気味に侵食していた。

高さ一五メートルの展望デッキと船体に挟まれて窪地となった幅二〇メートル、長さ四五〇メートルの細長いターミナルには、炎によって発生した気流が荒れ狂っている。潮の香りはペンキの焦げる臭いにかき消され、防火衣の内側を流れ落ちる滝のような汗が、消防隊員から体力とともに心の余裕を奪っていた。

「くそったれ！　これじゃキリがねえよっ」

永井が苛立たしげに地面を蹴った。

「応援が来るまで持ちこたえろっ」

叱咤する五十嵐の声にも、焦りが滲む。

「あそこに要救がいます！」

遥か上空にデッキを駆ける人影を認めて、蘭は叫んだ。

「どこだ！」

振り返る五十嵐に顎をしゃくった。その拍子にホースが暴れ出しそうになり、慌てて腰を落とす。

「あそこです！」

何度も顔を振って、必死に訴えた。

「本当だ！」

小野瀬の声には要救助者が生きているという喜びと、救助に向かうことができない歯痒《はがゆ》さが入り混じっている。

よく見るとデッキだけではない。船体側面に並んだ窓の中で、人影が同じ方向に行列を作っていた。

「どうやら後部甲板に避難させているらしい！　要救の避難路を確保するために援護しろ！」

五十嵐の指示で、浜方隊の放水がいっせいに同じ方向を向いた。

「ウクさん！　ウクさん！」

消防車のそばで待機していた鵜久森が、五十嵐のそばに駆け寄る。

「なんだ？」

「増強を要請してくれ！　これは第一出場だけじゃ、とうてい手に負えない！」

「了解！」

鵜久森が無線で交信する。

「至急、至急、至急。浜方一から消防横浜。増強要請。災害サンイチに第二出場を要請する！」

何度かやりとりした後で、顔を上げた。

「もう第三出場までかかってる！　横浜じゅうの消防隊が集結するぞ！」

ということはつまり、指揮権が署警備課長から署長へ、そして部長へと委譲されたということだ。

「よっしゃ！　早いとこ頼むぜ！」

永井が気合いを入れ直すように、ふんと鼻息を吐いた。

「海保には連絡行ってるんだろうな！」

五十嵐が確認する。海に流れ出した重油に引火したらしく、洋上で炎が揺れていた。

「もちろんだ！　救助ヘリも来るらしい！」

鵜久森は両手を上げ、親指を立てた。

やがて幾重ものサイレンが聞こえ始める。出場隊が続々と到着しているのだ。ただし狭い岸壁に何台も進入することはできない。多くがロータリーに停車しながら、ホース延長の作業にとりかかる。

海からは海上保安庁の消防艇が、放水を開始した。

「湊指揮一から消防横浜。湊指揮一、マルホン設定報告。火点南側、マルホン設定」

本署からも指揮隊が到着したらしい。薄闇に飛び交う赤色回転燈の光に、指揮車の放つ青い光が混ざる。

「ヘリはまだかっ！」

小野瀬がはらはらと上空を見回した。

後部甲板には相当な人数が救助を待っていた。炎に巻かれるようなことがあれば、苦し紛れに海に飛び込む人間も出てくるだろう。ただし甲板から水面まではかなりの高さだ。その上、海面では燃え続ける重油が、要救助者を待ち受ける。

小野瀬の催促に呼応するようなタイミングで、プロペラの音が聞こえてきた。

「来たか！」

しかし期待は空振りに終わった。やってきたのは救助隊ではなく、マスコミの取材ヘリだった。

「ふざっけんなよ畜生！　見世物じゃねえっ」

永井が地団駄を踏むと、別の方角からもう一つのプロペラ音が重なった。

「来ましたっ！」

蘭は汗にまみれた笑顔を、ぼんやりと白み始めた空に向ける。

船に近づいていくヘリの機体に、はっきりと『横浜市消防局』の文字が読み取れた。

「オッケー！　やっと来たか！」

疲労の見え始めた小野瀬も、表情を引き締めた。

「いいか！　ヘリでの救助には相当な時間がかかる！　全員を助け終えるまで、絶対に火を要救に近づけるな！」

「了解っ」

筒先を握る三人の声が重なった。

14

世界じゅうから集められた『宝来号』の乗組員は、よく訓練されていた。

荒れ狂う炎を目の当たりにしながら誰一人取り乱す者はなく、迅速かつ正確な避難誘導を行なった。もちろん三等航海士のリネットも、その例外ではなかった。自分だけが助かろうとする人間に船乗りの資格はない。

各々が割り当てられた区域に散らばり、逃げ遅れた乗客がいないかを確認する。七等級に分かれた乗客用船室のうち、もっとも等級の低いグランド・デュープレックスエリアのうち三分の一が、リネットの担当だった。担当する船室すべての乗客を避難させたリネットは、脚の不自由な老婆の車椅子を押すホセに手を貸しながら、後部甲板へと急いだ。消防隊の放水で水浸しになった廊下を蹴るたびに、足もとでばしゃばしゃとしぶきが跳ねる。

車椅子を押すホセに続いて、リネットは後部甲板に飛び出した。

助かった――。

リネットはホセと抱き合い、互いの無事と航海士としての責務を果たせたことを喜んだ。

甲板には乗客乗員がひしめき合っている。空には何機ものヘリコプターがホバリングし、甲板に救助用のはしごを垂らしていた。救助隊に誘導されて、女性から先にはしごを登っていく。

ステイシーは一人であのはしごを登れるだろうか――。

ふと疑問が湧いて、リネットは甲板を見渡した。人が多くて、誰がどこにいるのかわからない。人波をかき分けながら奥まで進んでいくと、泣き叫ぶ老婦人を発見した。ステイシーの祖母のマリアだった。ステイシーはどこです」

「ミセス、どうしました。ステイシーはどこです」

リネットはマリアに駆け寄った。

「ああ、リネット。ステイシーを見ていないか」

マリアの隣に立つ夫のロバートに、逆に質問された。

かくれんぼだ――直感が視界に暗幕を下ろした。

「ああ、ステイシー、ステイシー」

マリアは半狂乱状態で、船室に戻ろうとする。

「危ないですから、落ち着いて！　ミセス！」

乗組員が必死の形相で、マリアを制した。

戻れば、死ぬ——リネットは思った。航海は残りわずかだ。この旅が終われば、娘のラミルに会える。驚くほど背が伸び、体重も増えた娘の成長を想像だけでなく、この目でたしかめることができる。血縁もない、上海に着いたらその後はなんのかかわりもなくなるだろう少女を救うために、死の危険を冒す必要があるのだろうか。ここで待っていれば、おそらくは助かることができるのに……。

でも——。

はたしてこのまま生きて帰ったところで、胸を張って娘に会うことができるだろうか。乗客を見殺しにした航海士の父を、娘は誇りにしてくれるだろうか。重い十字架を背負ったままで船乗りを続けることができるのか。

自問自答は一瞬だった。

「ミセス！　ミセス！」

マリアの手を取り、ステイシーと同じ色の青い瞳を見つめた。

「私が、ステイシーを連れてきます。必ず」

「だがリネット、あの中に戻るというのか……」

妻よりは理性を残したロバートだが、しかし視線には一縷《いちる》の望みにすがりたいという祈りが宿っている。リネットの身を気遣いながら、一方で孫娘を救ってほしいと懇願していた。

「大丈夫です。ステイシーの居場所には心当たりがあります。必ず連れ戻しますから。ですから、お二人は先にヘリに乗ってください」

老夫婦の背中を優しく押して、踵を返した。ラミルの写真を入れた胸ポケットに手をあて、深呼吸をする。

客室のほうに向かって歩いていると、肩に手を置かれた。

「おい、リネット……まさか、戻るなんていわないよな」

不安げなホセの顔は、あえて見ないようにする。

「そんな馬鹿なこと、しないよな。な、そうだといってくれ」

神のご加護のあらんことを、私ではなく、娘に、そして娘と同じ歳の少女に。

目を閉じて祈りを捧げると、リネットは燃え盛る炎に向かって駆け出した。

15

着陸するヘリコプターが砂塵《さじん》を舞い上げる。

戸村美樹は目もとを腕で覆いながら、次々と降りてくる要救助者の様子を観察していた。家族や恋人と手を取り、無邪気に無事を喜び合う者、気の抜けた様子で立ち尽くす者。表情はさまざまだが、どうやら緊急を要する重篤な患者はいないようだ。

ほっと安堵の息を吐くと、同じタイミングで息を吐く者があった。

「この便は、大丈夫そうだな」

先輩救急隊員の嵯峨《さが》消防士長が、要救助者たちの容態に目を光らせている。三十二歳。ヘルメットの横顔から覗く鷲鼻《わしばな》がかわいらしいが、残念ながら妻子あり。

根岸森林公園《ねぎししんりんこうえん》は、横浜市消防局が定めた飛行場外離着陸場のうちの一つだった。『宝来号』から救助された要救助者は、この場所と本牧D突堤グラウンド、それにみなとみらいヘリポートの三か所に分けて運ばれる手筈《てはず》になっている。救急隊には救急搬送が必要な場合に備えて、それぞれの離着陸場に待機しろという命令が下った。

「救助隊も大変ですねぇ」

ヘリは国際客船ターミナルと離着陸場の間を、ひっきりなしに往復している。ほかにあと二か所離着陸場があるというのに、まだ要救助者の半分以上が、甲板に取り残されたままらしい。

美樹は白み始めた空を見上げ、蘭のことを考えた。消防隊なんてとても自分に務まるとは思えないが、ときどき羨ましく思う。ただ傷病者を待つ救急隊とは違い、消防隊や救助隊は、危険な現場で要救助者を直接、救っている。もちろん救急も大事な仕事だと理解してはいるが、災害現場でなにもできない自分がもどかしく感じることもあった。

蘭はきっと今も、男たちに交じって勇ましく炎と対決しているのだろう。

「とんでもない大災害になったもんだ」

嵯峨がうつむきがちに片眉を歪め、小さくかぶりを振った。

そうそうこの顔、ちょっと陰のある感じのこの表情、好きなんだよなあ。

でも、妻子ありなんだよなあ――。

美樹が呑気な物思いに耽っていると、人ごみの中から鋭い声がした。

「救急はどこだ！」

救助隊の隊員が手を振って呼んでいる。

あら、さっぱり系なちょっといい男。一瞬だけ視線が吸い寄せられるが、すぐに使命感を取り戻す。

嵯峨の後をついて走っていくと、中年の男が腹を押さえてうずくまっていた。

「さっきまではなんともなかったのに、急に腹が痛いって倒れたんだ」

救助隊員の説明を聞いて、嵯峨がしゃがみ込む。

「どうしました？　大丈夫ですか」

男は日本語を理解できないらしい。中国語らしき言葉でなにかを訴えている。顔色が白く、こめかみに冷や汗が流れていた。

腹部を押さえているということは、急性盲腸炎かなにかだろうか。美樹はぼんやりと思う。

「吐き気はある？」

いったん日本語で訊いた嵯峨が、おえっ、というジェスチャーで男に問いかけた。

男は苦しげに喘ぎながらも、何度か頷いた。

「なんの症状でしょうか」

美樹が質問すると、嵯峨は「急性心筋梗塞かもしれないな」と答えた。

「でも、お腹が痛いっていってるんじゃ……」

「急性心筋梗塞は胸痛とともに吐き気や呼吸困難、腹痛を伴うことがあるんだ」

男を安心させようと優しく語りかけながら、嵯峨が鋭く背後を指差した。

「とにかく急いだほうがいい。ストレッチャーの用意だ」

「はいっ」

美樹はすぐさま踵を返し、救急車に向かって駆け出した。

私だって、戦ってる。あんたと一緒に、災害に立ち向かってるんだよ。

だから頑張れ、火事なんかやっつけちゃえ、蘭――。

慌ただしくストレッチャーを取り出しながら、美樹は炎に立ち向かう親友に、心の中でエールを送った。

16

ハンカチで口もとを押さえながら、腰を低くして走った。

天井でちろちろと這いまわる炎が、獲物に舌なめずりする蛇の舌のようだ。

おれも蛇だ。アーハスだ。負けるわけがない。心が怯むたびに、胸ポケットに手をあてて自らを奮い立たせる。

視界はほとんどないに等しかったが、船内の構造は知り尽くしている。第二デッキのプリンセスグリルラウンジまで、リネットは一度も立ち止まらなかった。

そしてラウンジに飛び込んだ瞬間、背筋が凍った。窓の外にあるのは東京湾でもない、横浜の街並みでもない、一面の炎だった。窓ガラスは熱で割れ、飛び散った破片が赤い絨毯《じゅうたん》の上に散乱している。

「ステイシー！　ステイシー！」

地面に這いつくばりながら、テーブルの下を覗き込んでいく。ガラスの破片で手を切り、いつの間にか手の平が血まみれになっていたが、痛みは感じなかった。

やがてテーブルクロスの隙間から覗く、赤い靴の爪先を見つけた。

「ステイシー！」

絨毯に血の筋を引きながら、リネットはテーブルに這い寄る。

テーブルの下に、ステイシーが横たわっていた。靴はいつもの上等なものだが、服装はパジャマ姿だ。

リネットは娘と同じ歳の少女を両手に抱えた。意識はあるのか、生きているのかと不安になったが、ゆっくりと開く瞼に安堵する。

「アーハスに……見つかっちゃった……」

ステイシーは寝ぼけ眼を擦り、微笑んだ。かくれんぼをするつもりで眠ってしまったらしい。見たところ、外傷もない。

「ああ、ステイシー、おれのマハリコ」

ぎゅっと抱き締めると、腕の中でいやいやと頭が動いた。

「苦しいよ、リネット」

言葉とは裏腹に、声は嬉しそうだ。

「さあ行こう、ステイシー。お祖父《じい》ちゃんとお祖母《ばあ》ちゃんのところへ」

リネットは両手でステイシーを抱え、ラウンジを飛び出した。

後部甲板のほうへと一目散に走る。煙を吸い込んだのか、途中でステイシーが咳《せ》き込んだ。そこからはさらに頭を低くして駆けた。

来たときよりも煙はさらに濃く、炎は勢いを増している。しかし後部甲板の出入り口までは、もうあとわずかだった。

ところがリネットは、立ち止まった。そのまま一歩も、前に進めなくなった。

「苦しい。リネット、苦しいよ」

目をしばたたかせながら、ステイシーが泣き出した。

「大丈夫、大丈夫だから。きっと帰れるから」

ステイシーを煙から守ろうと、うずくまった。柔らかい金髪を撫でながら、「大丈夫、大丈夫」と繰り返す。しかしそれ以上、なにをするべきなのかわからなかった。

ただ途方に暮れた。

リネットの眼前には、倒れた柱と焼け落ちた天井の瓦礫が、炎の壁を作っていた。

17

筒先が激しくぶれる。

蘭は奥歯に力をこめ、全体重を預けるようにしてホースを制御した。依然として火勢が衰える気配はない。消火したはずの場所からふたたび火炎が噴き出し、そこを叩くとまたもや別の場所から火の手が上がるという、いたちごっこだった。白い船体はすでに大部分が黒く塗り替えられ、残った白い部分にも、紅蓮《ぐれん》の炎が迫っている。じわじわと延焼が広がる様子に、無力感が湧き上がる。

「なんだ高柳！　そのへっぴり腰はよおっ！　早くも限界かぁっ」

そういう永井も、すでに地面に両膝をついている。

「ぜんっぜん平気です！」

蘭は自らを奮い立たせようと、激しくかぶりを振った。しかし身体がいうことを聞かない。腕力が放水の勢いに負け始める。

「無理っすよ永井さん、こいつ。やっぱしょせんは女ですからね！」

なんとか折り膝注水姿勢を保っている小野瀬の不敵な笑顔にも、疲労の色が濃い。

「うるさいっ！　ちょっと黙ってて！」

声を張り上げて、遠ざかる意識を引き戻した。脇を締め、全身で筒先を押さえつける。

激しく噴き出す水の抵抗は強大だ。屈強な男性消防士でさえ、五分も放水を続ければへとへとになってしまう。なにしろ防火衣だけでも八キロ、フル装備すれば二〇キロという重量だ。命を守るための装備とターミナルに立ちこめる輻射熱《ふくしゃねつ》が、消防士の体力を削り取る。そして体力を消耗しきった後は、精神力の勝負になる。要救助者を救わねば。死なせてはならない。その思いだけが限界を超えた消防士を支え、突き動かし、炎に立ち向かわせる。

しかし普段よりも太い六五ミリホースを使用しての放水が、次第に蘭を挫《くじ》いていた。

永井と小野瀬は罵声を浴びせることで、蘭の反発を呼び起こそうとする。

「ほらほら放水ぶれてっぞ！　この役立たずが！」

「浜方さんも、とんだお荷物押し付けられたもんだな！」

「まったくだ！　まともに筒先扱えねえなんて、それでも消防士かよっ」

「そんなんでおれに張り合おうっていうんだから、笑わせるよな！」

すでに気力が殺《そ》がれ、反論の言葉も見つけられない。口を開くことすら億劫《おっくう》だ。

「おいっ、高柳！　おいっ！　返事しろ！」

小野瀬の呼びかけが遠くなる。

「こらボンクラッ、しっかりしろっ！」

永井の乱暴な励ましも、鼓膜を素通りする。

もう、無理――。

そのとき、鵜久森の携帯する無線機から音声が響いた。

「湊指揮一から出場各隊。放水活動隊は交代隊と筒先交代」

消火活動が長時間に及ぶ現場では、二十分を目安に活動交代するのが原則だ。

「お疲れ、筒先代わる！」

背後からやってきた応援隊の隊員が、蘭の筒先に両手をかぶせた。

その瞬間、全身から力が抜けて地面に倒れ込んだ。

18

イポリト・エウヘニオ・ウリブルは、炎の中を逃げ惑っていた。

肩を貸したアミタープの肌は焼けただれ、ぜえぜえと苦しそうな息を吐いている。

「海の男はこれぐらい日焼けしてないとな。イケてるだろ」

それでもやまない減らず口に、イポリトは同僚の生きる意思を感じ取っていた。

機械室から階段をのぼり、上へ上へと向かう。ところどころで炎の壁に阻まれ、焼け落ちる天井に肝を冷やしながら、船内を彷徨った。ひたすら目の前の炎から逃げるだけで、どこに向かっていいのか、自分たちがどこにいるのかもわからない。目的地すらない逃避行の先には、奈落しか存在しないような気がした。どうせ死ぬのならと、すべてを投げ出したくなる。

それでもイポリトは足を止めなかった。

いい加減に生きてきたおれは、天罰を与えられても仕方がない。

だが神よ、こいつには……アミタープには故郷《くに》で帰りを待つ婚約者がいるんだ。幸福の絶頂からいきなりどん底に突き落とすなんて、そんな残酷な真似はなしにしてくれ。

神よ……キリストでも仏陀《ぶつだ》でも、この際、ムハンマドでもいい。誰でもいいから慈悲深い神様よ。

助けてくれ、おれたちを、生きて故郷に帰してくれ――。

そのとき、イポリトは神を見た気がした。

ついにお迎えが来たかと目を凝らすと、それは神ではなく、人だった。

廊下の先に人影があった。航海士の制服を着た男が、金髪の少女を抱きかかえている。

「おうい！　助けてくれ！」

イポリトが声の限りに叫ぶと、向こうも気づいたらしい。駆け寄ってくる。

「彼はどうしたんだ」

制服の男は、苦しそうに喘ぐアミタープの姿に目を剝いた。

「見りゃわかるだろ。火傷してるんだ」

「ああ、そうだな……」

男は「ステイシー、自分で歩けるか」と訊いてから、少女を床に下ろした。そしてイポリトとは反対側から、アミタープの肩を抱いた。

「とりあえずデッキに出よう。ここじゃ酸欠になる」

男の提案に、イポリトも同意した。

「わかった、そうしよう。どっちかわかるか」

「ああ、目をつぶっていてもな」

心強い言葉に、胸の中で希望が灯るのを感じた。もう少しだけ、神の存在を信じてみようと思えた。

「じゃあ、道案内を頼む。ところであんた、名前は？　おれはイポリト。そんで、こっちの黒焦げがアミタープ」

紹介すると、アミタープは「黒焦げじゃなくて日焼けだ。これぐらい灼けてるほうが女にモテるんだ」と弱々しく笑った。

「おれはリネット、そしてこちらのレディーが――」

「ステイシー、五歳よ」

ステイシーと名乗った金髪の少女は誇らしげに手の平を広げ、五本の指で年齢を示した。

19

消防隊による地上からの放水は続いていた。筒先の本数も増え、今や放水は炎と互角に渡り合っている。ただし内部から出火した炎は内部から叩かないと、根本的な鎮火はない。一進一退の攻防だった。

救助隊のヘリコプターは横浜市消防局だけではなく、東京消防庁、埼玉県消防本部、そして航空自衛隊からも応援が駆けつけ、上空で順番待ちの渋滞を作っていた。海上保安庁による海上からの放水も継続中だ。

ターミナル後方でへたり込む浜方隊一同には、応援に来た消防隊員からペットボトルの水が配られた。

「だいぶ救助も進みましたね」

地面に座り込んだ小野瀬が、ペットボトルのキャップをひねりながら後部甲板を見上げた。

「それでもあと数百人ってところか……」

胡坐をかいた鵜久森は、災害のあまりの規模にうんざりしている様子だ。ふうっと肩を上下させ、鬱陶しそうに背後を見上げる。

ターミナルビル屋上の低い柵の向こうに広がるウッドデッキには、場所取りをするマスコミのカメラやレポーター、大火災をひと目見ようと詰めかけた野次馬らがごった返し、騒然となっていた。

「高柳、おまえ座ってろ！　目障りだ。ちょろちょろすんな」

同じ場所をうろうろと歩き回る蘭に、永井が手を払う。

「でも……」

「でもじゃねえよ、口答えすんな。しばらくしたら、また筒先握らなきゃいけねえんだ。少しでも体力回復しとけっての」

活動交代の直後に倒れ込んだ蘭は、小野瀬と永井に両脇を抱えられて、最前線から退却したのだった。

「座れよ、このタコッ」

永井に手の平で地面を叩かれて、蘭は仕方なく腰を下ろした。心配げに眉を下げ、燃え盛る巨大な客船を見上げる。

現場からは二〇メートル近く離れているというのに、首を巡らせないと客船の全貌を窺うことはできない。二三〇メートルに及ぶ船体のうち、消防隊の放水は乗客の避難した後部甲板付近に集中していた。誰一人死なせないという指揮本部の意気込みが伝わる布陣だが、船首から船体半ばにかけての放水は手薄だ。

「逃げ遅れた要救が、中に残っていたりとかは……」

蘭の疑問に答えたのは、五十嵐だった。

「わからん。いないことを願うしかない」

「こんな状況じゃ、進入するわけにもいかないしな」

鵜久森がお手上げのジェスチャーをした。

「船舶火災ってのはやばいんだよ。下手に内部進入して火点に近づこうとすれば、靴底が溶けちまう」

「えっ、本当ですか？」

小野瀬が目を見開く。

「ああ。だから基本はお手上げだ。火が船を燃やし尽くすのを待つしかない」

「鵜久森さん、船舶火災の出場経験はあるんですか」

「そりゃもちろんあるさ。おれたちゃ横浜《ハマ》の消防士だぞ。何年もやってて、経験しないほうが――」

得意げな鵜久森の話は、「あっ！」という蘭の声で中断した。

「おまえ、座っとけって……」

またもや目の前で立ち上がった後輩を叱ろうとした永井だったが、蘭の視線を辿って言葉を失う。

「なんだあれ！　なんであんなところに……」

小野瀬も立ち上がっていた。

全長二三〇メートルの船体のちょうど半ばほど、上層五階ぶんだけ露出したデッキの廊下に、数人の人影が歩いていた。

20

リネットとイポリトは肩で息を継ぐアミタープを両側から挟み、廊下を歩いていた。リネットの制服の袖を摑んで、ステイシーがちょこちょことついてくる。

「下を見ろ！」

イポリトの声で、リネットは手すりから下を覗き込んだ。何台もの消防車両がターミナルに集い、船に向けて放水している。

「助けを呼ぼう！」

リネットとイポリトは空いたほうの手を振り、ステイシーは両手を振って助けを求めた。自分たちの存在に気づいてくれたらしい。すぐに、銀色の防火衣を着た消防士たちが集まってきた。こちらを見上げながら、なにごとか相談を始める。

「話し合う必要なんてないんだ！　あのはしごを伸ばしてくれりゃいいだろっ！」

イポリトは苛々しながら、ターミナル入り口の金網の向こうに控える、はしご車を指差した。

「そうだ！　早くはしごをくれ！　けが人がいるんだ！」

リネットはアミタープを指差すが、そもそも言葉の違う国の消防士に意図が上手く伝わっているのかもわからない。

やがて背後の客室のガラスが割れ、火炎が噴き出した。勢いを増した炎が、天井を伝ってじりじりと迫ってくる。

「ここもやばいぞ！　もっと上に逃げるか」

イポリトが熱さに身をよじる。

「上はやばい！　あのはしごじゃ届かなくなるし、逃げ場所がなくなる！」

「じゃあ、どうするって……」

イポリトの言葉が途切れたのは、リネットの意図を悟ったからだった。

リネットは船体の側面にウィンチで提げられた、救命ボートの列を見下ろしていた。

「あれに乗るってのか」

「それしかないだろう！　あそこで救助を待つんだ！」

「助けに来るかな……」

「わからないが、上にのぼっても焼け死ぬだけだ！　逃げ道がない！」

ふたたび背後でガラスが割れ、炎が噴き出す。

「い……行こう……」

アミタープが苦しげに呟いた。

「アミタープ……」

「に……日本人は時間に正確だ……ちゃんと時間通り来る……だろ」

この期に及んでまだ軽口を叩いている。それは、ぎりぎりまで可能性に賭けてやる、なんとしても生き抜いてやるという強烈な宣言として、イポリトの胸を打った。

「わかった！　まず誰が行く」

「まずはイポリト、おまえだ！　おれがアミタープとステイシーを抱えて渡すから、下で受け取ってくれ！　最後におれが行く！」

「え、おれが一番かよ……」

あまりの高さに足がすくむ。高所恐怖症でなくとも、恐怖を感じる高さだった。下で動き回る消防士たちが、人形のように見える。

「おまえが行かないならおれが行く！」

リネットにいわれても決心がつかなかったが、ステイシーにまで「私が行くよ」といわれてしまっては引っ込みがつかない。

「わかったわかった……おれ行くわ」

イポリトは手すりを摑み、脚を大きく上げて跨った。

21

「あいつらなにやってんだ？」

鵜久森が立ち上がり、怪訝そうに目を細める。

「まさか、飛び降りる気か」

永井は顔面蒼白《そうはく》だ。

「いや、そうじゃない。救命ボートに乗り移っているんだ」

五十嵐の声も、緊張を帯びている。

「あそこで救助を待つつもりだろう。選択としては、間違っていない……だが」

いいよどむ隊長に、小野瀬が訊いた。

「だが、なんですか」

「救助が終わるまで、あのボートが持ちこたえられるかが問題だ。火の回りが早い……」

小野瀬は唇を嚙み締め、四人の要救助者を見つめる。その隣で蘭は、祈るように両手を重ねていた。

成人男性三人と少女が一人。そのうち一人は、衣服が破れ、全身が黒く汚れている。火傷を負っているようだ。

何度かひやりとする場面はあったものの、四人全員が救命ボートに乗り移った。はしご車がゆっくりと動き出し、架てい可能な場所まで移動していく。

「やはり……これしかないか」

じっと状況を見守っていた五十嵐が突然、署系無線機にまくし立てた。

「横消浜方一、五十嵐からマルホンどうぞ」

「こちらマルホン柏木《かしわぎ》です。五十嵐か。どうした」

どうやら指揮本部の無線担当者と五十嵐は顔見知りらしい。

「柏木か。はしご車によるマルニ救助を行なうようだが」

「その通りだ。救命ボートにはしごを伸《しん》ていし、まずはマルイチと子供を救助する」

「そんな悠長なことでは間に合わない。救助を二度に分けていたら、おそらく二度目の救助に向かう時点で救命ボートが落下する」

「ほかに手はないんだ。かりにおまえのいう通りだとしても、一人も救えないよりはマシだろう」

「いや、駄目だ。全員を救う」

「なにいってる。理想主義もほどほどにしておけ。冷静になれよ。指揮本部としてもマルニを見捨てるといっているわけじゃないんだ」

「その方法じゃ、見捨てるといっていることに等しい。おまえだって本当はわかっているはずだ」

「じゃあどうしろっていうんだ！　おれだって、できるなら全員を助けたいさ！　だがそんな方法は――」

「あるんだ！　一度の仲ていで全員を救助する方法が！」

興奮気味にうわずる相手の声を、五十嵐がそれ以上に強い調子で遮る。

真意を量るような沈黙を挟んで、無線担当者が訊いた。

「それは……どういう方法だ」

「うちの高柳を、バスケットに搭乗させる」

「えっ……」

通信途中で唐突に飛び出した自分の名前に、蘭はきょとんとなった。

「積載可能な荷重を稼ぐためだ」

小野瀬は隊長の意図を悟っているらしい。

「本来、バスケット搭乗員を除いての定員は二名、重さにしても、せいぜい二〇〇キロまで。ぎりで三人、乗せられるかってところだな。ところが、男の消防隊員の体重が六〇キロから七〇キロと考えると、おまえは……」

小野瀬は蘭の全身に視線を走らせ、「五〇キロってとこか」と呟いた。

「四五キロ」

すかさず訂正して、墓穴を掘ってしまう。

小野瀬はしてやったりの笑いを見せ、続けた。

「四五キロってことは、男の隊員が搭乗する場合よりも、一五キロから二五キロは余分に乗せられるってことだ」

「あっ……」

救命ボートで救助を待つ四人を見て、蘭も気づいた。

「わかったか。成人男性三人に、子供一人。成人男性の体重を一人七〇キロと考えると、三人乗せればそれだけで二〇〇キロ超えちまう。子供が乗せられない。つまりどうしても二回に分けてはしごを伸ばさないと、救助できないってことだ。でもおまえなら、一回でいけるんだ」

「そうか……」

「見たところ火の回りも相当早いし、はしご救助を二回に分けてたら、二回目には要救を救えなくなるかもしれない。五十嵐隊長はおまえをはしご搭乗員に指名することで、全員を救うための賭けに出ようとしている。おまえにしかできないんだ」

「私にしか、できない……」

自分にしかできない。自分じゃなきゃいけない。ほかに代わりはいない。消防士になって、そんな場面に遭遇するのは初めてだった。むしろそんな局面があるとすら想像していなかった。

「正直、めちゃめちゃ悔しいぜ。こんな消防士として最高に美味しい見せ場、おまえに持ってかれるなんてな」

かぶりを振りながら、小野瀬は本当に悔しそうに苦笑いした。

通信を終えた五十嵐が、蘭に歩み寄る。

「高柳……行ってくれるか」

訊かれる前からたぶん五十嵐は答えを知っていたし、蘭も答えを決めていた。

22

高柳有里は、あの日のことを思い出していた。

高柳士長が……現場で負傷されて、救急搬送されました——。

十年前に長津田消防出張所の家族寮で受けた電話の音声が、鼓膜に甦る。「負傷」という表現をしていたが、連絡してきた夫の同僚の声色で、生存は絶望的なのだと悟った。

だが有里が、すぐに病院に駆けつけることはなかった。自分の代わりをつとめてくれる隊員が出張所に戻ってくるのを待った。

連絡員が妻帯者ばかりなのは、つねに誰かが在宅している状態にするためだ。有事の際、夫が家を空けている場合には、代わりに妻が職員への連絡役となる。そのため連絡員の妻はパートに出ることも許可されない。夫とともに、市民の安全への責任を負うのだ。

妻が家を空けて駆けつけることを、夫はきっと望まない。もし今この瞬間に大地震が起こったらどうするんだと叱られるかもしれない。

夫は最期まで消防士だった。だから自分も、消防士の妻としての役割を全うするべきだと思った。最後のつとめと思うからこそ、できたことだ。愛する家族の無事をひたすら願い、心をすり減らすような生活はもうたくさんだった。夫を見送った後は消防と訣別し、娘と二人、静かに暮らしていくつもりだった。

ところが娘は、亡き父と同じ道を選んだ。横浜市消防局に入り、消防ポンプ隊員となった。

父の後を追う娘とは、何度も喧嘩になった。

消防士という職業が、夫の命を奪った。なのにどうして、同じ道を歩むのか。遠くにサイレンを聞くたびに、テレビで火災のニュースを見るたびに、ふたたび身の縮む思いをさせられるのか。

腹立たしい、許せない。

娘にぶつけた怒りの正体は、現実を受け入れようとする自分への苛立ちと憤りだった。有里は心のどこかで、こうなることを予感していた。やはりそうか。すんなりと娘の選択を受け入れようとする自分を認めたくなくて、必死に抗《あらが》ってきた。

だが有里は今、抵抗を諦めようとしている。

有里の視線の先には、テレビ画面があった。朝食の支度に取り掛かろうとしてなにげなく点けたテレビの映像から、有里は目を逸らせなくなった。

早朝のニュース番組は予定を変更して、横浜港で起こった大型クルーズ客船火災の模様を生中継していた。ヘリからの映像は、燃え盛る客船を俯瞰《ふかん》で映していた。その巨大さは、地上から放水する消防士と比べればよくわかる。人間はあまりにも無謀な勝負を挑んでいた。勝てるはずのない戦いにしか思えなかった。

ミニチュアのようにうごめく消防士たち、他人を救うためにあえて危険に身を投じる、勇敢な男たち。

いや……男だけではない——。

有里は娘の姿を、はっきりと認めていた。画面の端で見え隠れするひと際小柄な女性消防士は、それといわれても気づく者はいないだろう。ほとんど豆粒だ。しかし有里にはわかった。母である有里だけには、わかった。

「今、はしご車のバスケットに消防隊員が向かっています。逃げ遅れた人を、救助に向かう模様です。あっ……女性です！　救助に向かうのは、女性の消防士のようです！」

プロペラ音の狭間からリポーターが興奮気味にまくし立て、カメラが娘の後ろ姿にズームする。

決意を漲らせた背中に、かつて愛した男の面影が重なった。

止めてはいけないし、止められるわけもないと、有里は悟った。これは運命なのだ。

高柳暁の子として生まれた以上、こうなることは定まっていたのだ。

蘭には父と同じ血が、消防士の血が流れているのだから。

胸の前で手を重ね、有里は祈る。

「お願い、あなた……蘭を守って」

かつて消防士の妻として生きる決意をした女は、これからは消防士の母として、娘を見守り続けようと誓った。

23

蘭ははしご車のバスケットの前に立った。

「点検！　アームよし！　照明よし！」

照明器具を確認し、タラップを開いた。

「開放よし！」

バスケットに乗り込み、ロックをかける。

「閉鎖よし！」

風力計を確認する。風速八メートルを超えると、はしごを伸ていすることができない。

風速三メートル、大丈夫だ。

「風力計よし！」

バスケットに取り付けられたマイクに呼びかける。

「バスケットから操作台。こちらのメリットいくつでしょうか」

メリットとは通信感度のことだ。一から五まで五段階あり、五が最良の通信状況となる。

「こちら操作台。バスケットからメリット五だ。かわいい声がよく聞こえるぜ。こっちのメリットはいくつだ、お嬢ちゃん」

答える声は鵜久森のものだった。蘭を安心させようという配慮から、五十嵐は鵜久森を操作台に立たせるよう掛け合っていた。

「バスケットから操作台。操作台からのメリットは五です」

よく聞こえる。通信には問題ない。

「これより隊員一名、バスケットへの搭乗準備開始します」

「了解」

「これより自己確保作成中」

命綱をバスケットに取り付け、まずは自らの安全を確保する。

「自己確保、ただいま作成完了。伸ていい準備整いました」

「了解です」

バスケットの手すりを掴み、じっと正面を見据える。

立ち塞がる鉄塊は放水を嘲笑《あざわら》うかのように、ところどころで窓を押し破り、地上にきらきらとガラスの雨を降らせながら、火炎を噴き出している。

ゆっくりと視線を上げた。

壁、また壁。完全に首を伸ばし切ったところで、目的地の救命ボートが目に入る。

要救助者の頭が、ちらちらと見え隠れしていた。煙で暗くなった空を、ヘリの機影が横切っていく。

うつむいた瞬間に鼻の頭から汗がしたたり、編上靴の爪先で丸く弾けた。

足もとには一畳ほどの鉄の床板がある。訓練で何度も搭乗しているが、これほどまでに心許《こころもと》なかっただろうか。通常ならば、搭乗員を除いての定員は二名。そこに要救助者を四人も乗せるのだから、ほとんど身動きがとれないほどぎゅうぎゅうになるはずだ。そんな状態で最後まで、バスケットが持ちこたえてくれるだろうか。無事に帰ってくることができるだろうか。私にできるだろうか。

いや、怯むな。あの人たちには私しかいないんだ……私しか。

顔を左右に振り、武者震いをひとつしてから、マイクに向かった。

「それでは、伸ていお願いします」

「よし行くぞ、お嬢ちゃん。高い高ぁい」

鵜久森のおどけた声に噴き出していると、低いモーター音が聞こえた。振動とともに、バスケットがゆっくりと浮き上がる。地上の景色が遠ざかっていく。

「障害はありません。風速四メートルで問題なし。目標まで距離一〇メートル」

手すりをぎゅっと摑み、恐怖を握り潰した。

救命ボートからこちらを見下ろしている要救助者の顔が、だんだんはっきりと見えてくる。差し伸べられた救いの手に、希望を見出《みいだ》した顔だ。

「目標まで距離八メートル」

火の粉の雨がじゅっと音を立てて、頬の産毛を焼く。それでも目は背けない。

これは私にしかできない任務。私に、要救助者の命がかかっている。

「目標まで距離五メートル。左に五〇センチお願いします」

叩き付ける熱風に気持ちが折れないよう、奥歯を噛み締めた。

一人一人の顔が、確認できる。私を……私を待っている。

「目標まで距離三メートル。スローで」

絶対に死なせないから、あなたたちのこと、絶対に助けてみせるから。

「目標まで距離一メートル。要救助者四名確認。うち一名は熱傷を負っており、自力歩行は困難な模様」

はっきりと見える、私を待つ顔、救いを求める要救の、顔が――。

蘭は要救助者に笑顔を向けながら、同時にごくりと唾を飲み込んでもいた。救命ボートを支えるウィンチが炎にあぶられている様子が、確認できたからだ。五十嵐の危惧した通り、二度に分けての救助は無理だったろう。

ふいにバスケットがぐらりと揺れて、たたらを踏んだ。その拍子に地上の様子が目に入り、胃が持ち上がる。

垂直にはしごを伸ばした場合、架ていの限界高度は四〇メートル。今回は離れた位置から斜めにはしごを伸ばしているが、それでも三〇メートル近くに達している。十階建てビルの屋上に相当する高さだ。

風力計を確認すると、風速は九メートルを超えていた。はしご伸ていが不可能な数値だ。

「おっとっと、危ないな。お嬢ちゃん、風は大丈夫か」

「大丈夫です」

とっさに嘘をついた。要救助者は目の前だ。ここで引き返すなんて、できるはずがない。

「嘘つくな」

経験豊富な鵜久森を騙すことはできないようだ。

「すいません」

「気持ちはわかるがな」

「行かせてください」

「少しだけ待て。たぶん風はすぐに収まる」

そこでバスケットは停止した。蘭はじっと風力計を見つめる。ふと見上げると、ウィンチが熱で溶け出し、変形し始めていた。このままではワイヤーが焼き切れて、要救助者は救命ボートごと転落する。

早く、早く――。

祈る気持ちで見つめていると、やがて風が凪いだ。

「風速二メートル！　行けます！」

「よっしゃ。はしごは付けられそうか」

操作台からの音声に答える。

「架てい可能と……考えられます」

またも嘘をついた。ウィンチの状態を見る限り、乗り移るには危険すぎる。

「本当か？」

鵜久森の声がうねる。蘭の声色から、疑念を抱いたらしい。

「お願いします！　行かせてください」

「行かせてやりたいのはやまやまだが、お嬢ちゃんに危ない真似させるわけには、いかねえしな」

消防士として当然の使命感と、仲間を思い遣《や》る気持ちの狭間で、鵜久森は揺れていた。

「私は大丈夫！　絶対に生きて帰ります。それに、要救だって死なせない！」

中華街で折り重なるようにして亡くなった、老夫婦のことを思った。息子をかばい、一酸化炭素中毒で亡くなった母親のことを思った。これまで対面してきた、すべてのマルヨンのことを思った。

だから私は死なない。死ぬわけにはいかない。

これからも、もっとたくさんの命を、救っていかなければならないから――。

「しかしなあ――」

そこまでは鵜久森の声だったが、途中で別人の声に代わった。

「行け、高柳」五十嵐だった。

「隊長……」

「ただし……必ず生きて帰れ。これは命令だ」

「はいっ」

蘭は力強く頷いた。声がふたたび鵜久森に代わる。

「そういうことだ……隊長がいうんなら、しょうがない」

「お願いします！」

蘭は救命ボートを見つめ、深く息を吐いた。

「前方に五〇センチ。スローで」

ここからはセンチ単位の細かい指示になる。

「四〇センチ……三〇センチ……二〇センチ……左に一五センチ……」

バスケットを救命ボートに近づけていく。

救命ボートのすぐそばまで達した。

「架てい完了、バスケット確保」

自己確保し、バスケットを開策する。

「助けに来たよ、よく頑張ったね」

蘭は救命ボートに乗り移りながら、要救助者たちに微笑みかけた。言葉は通じないが、気持ちは伝わったらしい。要救助者たちが瞳を潤ませている。

喜びもそこそこに、すぐに頭上のウィンチを確認した。ボートを吊り下げる二本のワイヤーのうち、一本が焼け細っている。手早く救助を済ませないと危険だ。

まずは幼い少女を抱き上げてバスケットに戻り、その身体に命綱を巻きつけた。

慎重な足取りでふたたびボートに戻り、火傷を負っている男以外の二人に、どちらかがバスケットに移るよう、身振りで伝える。

ラテン系の男とアジア系の男は、どちらも自分が最後まで残ろうとして譲り合っているようだ。

蘭は頭上でほつれていくワイヤーを一瞥し、男たちに吠えた。

「どっちでもいいから早くして！　このままだと、みんな落っこちて死ぬよ！」

言葉は通じなくとも、毅然とした態度でいっている内容が伝わったらしい。ラテン系の男がおずおずとバスケットに乗り移った。その後で火傷を負った男を、アジア系の男と協力して抱き起こす。

そのとき視界ががくんと揺れた。どうやらワイヤーが支えきれなくなってきたようだ。ボートが傾いている。

背中が冷えるのを感じながら、火傷を負った男の腕を自分の肩にまわし、アジア系の男に先に行くよう目顔で告げた。頭上では、ぎりぎりと嫌な音が聞こえる。

大丈夫、大丈夫――。

心を乱されないように、目を閉じ、ゆっくりと呼吸を整えた。

アジア系の男がバスケットに乗り込み、火傷を負った男を受け取ろうと手を伸ばした。

その手に、最後の要救助者を引き渡す。

全員が乗り込んだのを確認してから、蘭もバスケットに乗り移ろうと足を踏み出した。救命ボートのワイヤーに確保した命綱のカラビナに、手を伸ばす。

するとその瞬間、頭上で金属の弦を弾くような甲高い音がした。

ワイヤーが……切れた――。

ふわりと身体が宙に浮く。船底を蹴ったつもりが、足の裏には抵抗がなかった。伸ばした手がバスケットの手すりを摑もうとして、空振りする。

要救助者たちの顔が驚愕に染まり、スローモーションで遠ざかる。すべてがスローモーションで、遠ざかる。

落ちた――！

と思った瞬間、命綱が身体に食い込んだ。

上下に激しく波打つ視界が、今度は水平方向に流れる。強い力で後方に引っ張られた。

操作台から見上げる鵜久森と、目が合った。ほんの一瞬のはずなのに、目と口と鼻の穴を大きく開き、蒼ざめた顔が、はっきりと脳裏に焼きつく。

後頭部に衝撃が走った。背中から、客船の船体側面に激しく叩きつけられていた。

視界が白く染まる。そして、暗闇が訪れた。

24

「高柳っ！」

小野瀬大樹は『宝来号』の巨大な船体を見上げながら、声を振り絞った。

救命ボートの船首と船尾を支えていた二本のワイヤーのうち一本が切れ、水平だったボートが垂直になった。蘭は生きているほうのワイヤーにカラビナを掛けていたらしく、転落は免れた。しかし手足をぐったりと垂らしたまま、ゆらゆらと頼りなく揺れている。どうやらワイヤーが切れた拍子に、客船の船体側面に叩きつけられ、脳震《のうしん》盪《とう》を起こしたらしい。

「おいっ、そんなところで寝てんじゃねえっ！　起きろボンクラッ」

隣では永井が両手をメガホンにして叫ぶが、まったく反応がない。

「とっとと起きろや！　このタコッ」

遥か遠くの蘭を殴るようにこぶしをひと振りした永井が、船に向かって駆け出した。

「危ない！　小野瀬、止めろっ」

五十嵐の声に反応して、小野瀬は地面を蹴った。

永井の背中に飛びつき、押し倒す。地面を何回転かして、ようやく止まった。

上空に視線を向けた瞬間に、背中の産毛がびりりと逆立つ。蘭を吊り下げた救命ボートから、いくつか離れた位置にあるボートが、落下しようとしていた。永井を引っこ抜くようにして地面を転がった直後、すぐそばで激しい炸裂音がする。

それを引き金に、整然と並んでいた救命ボートがあちこちで列を崩し始めた。

「永井さん、ここは危ない！　早く！」

断続的な轟音に、肩を跳ね上げながら促した。が、永井は座り込んだまま、動こうとしない。

「死んじまうよ！　高柳が……死んじまう！」

子供のように声を上げて号泣している。

「まだ、諦めるなっ！」

小野瀬は反射的に、永井の頬を引っぱたいた。

「まだ死んでないだろうが！　見捨てるんじゃない！　助かる見込みがあるんなら、最後まで、絶対に諦めるな！　おれたちは消防士だろっ！」

肩を摑んで揺さぶる。永井が涙を飲み込みながら頷き、腰を上げた。

二人ではしご車の近くまで駆け戻る。

操作台に立つ鵜久森が、五十嵐と相談していた。

「どうするんですか、五十嵐隊長！」

小野瀬を振り向いた五十嵐が、上空の蘭を見上げる。

「バスケットには要救が四人も乗っている。しかも開策されたままの状態で、命綱をつけていない要救もいる」

「まさか……いったんはしごを引くなんてことは、いわないですよね」

「そんな時間はないな。もう一台、はしご車を近づける時間もない」

「じゃあ……どうするんですか」

訊きながら永井は、しきりにグローブの甲で顔を拭っている。

「今あるバスケットをもっと近づけて、ボートが落下する前にお嬢ちゃんの意識が戻るのを、期待するしかねえ」

操作台から鵜久森が答えた。

「ただ、微妙な操作は、バスケット搭乗員の指示がないと難しい」

五十嵐の話を、鵜久森が補足する。

「高さはまだなんとかなるが、目標との水平距離が、ここからじゃわからねえんだ。下手したら目標にバスケットをぶつけちまって、中にいる要救を転落させちまうかもしれない」

「なら、おれが救命ボートの下まで行って、目標との距離を指示します」

歩み出た小野瀬の肩を、永井が摑む。

「おれにやらせろっ！」

「いや、永井さんは、おれとはしご車の中間の位置に立ってください。たぶんあそこからじゃ、声が届かない」

冷静さを失っている永井を、危険な場所に行かせるわけにはいかなかった。

そうはいっても、自分は冷静なのだろうか。小野瀬にはわからない。

「目標の直下まで行くだって？　そりゃ危ねえっ！　もしもボートが落下したら、お嬢ちゃんもろとも、おまえさんまでお陀仏だ！」

バスケットの高さを調整しながら、鵜久森の横顔がたしなめた。

「行かせてください……いや、なんといわれようとおれは行きます！」

危険に晒されている仲間を、むざむざ見殺しにできるかよっ――。

怯える自分にいい聞かせようと、すくむ脚を摑む。しかしその手すらも、小刻みに震えていた。

「隊長っ！」

永井と二人で詰め寄る。

視線をしっかりと受け止めながら、五十嵐が顎を引いた。

「頼んだぞ、小野瀬、永井」

「本気なのか、隊長っ」

鵜久森の問いかけに視線で応じてから、告げる。

「全員で生きて帰る。それがおれたちの仕事だ。さあ、行け」

小野瀬は頷くと同時に走り出していた。

「永井さんはそのあたりで、おれの声を中継してください！」

後を追いかけてきた永井の足を止め、自らは蘭を吊り下げた救命ボートの直下まで達した。

ボートと蘭が、ゆらゆらと振り子のように揺れていた。真下から見ると、いつ落下してもおかしくない不安定な状態なのがよくわかる。

小野瀬はバスケットと蘭の距離を測った。地表からかなり距離があるので、目測が難しい。しかし、ここでいい加減な数値を伝えると、大事故に繋がる。

「早くしろ！　小野瀬！」

焦《じ》れた永井が急《せ》かしてくるが、小野瀬は答えずにじっと目を細めた。

「前方に……六〇センチ！」

連なるヘリのプロペラ音に負けないよう、声を張り上げた。永井が操作台に大声で繰り返す。

「五〇センチ……四〇センチ……三〇センチ……」

バスケットが目標に近づくほどに、緊張が高まる。

「一〇センチ……いや、一五センチで！　一〇センチ……五センチ」

ようやく、蘭が手を伸ばせばバスケットの柵を摑むことのできるだろう位置まで到達した。ここがおそらく、バスケットを近づける限界だ。

「ストップ！」

「ストーップ！」

永井が鵜久森に大きく両手を振り、バスケットの動きを止める。

後は蘭が意識を取り戻すのを待つだけだ。

「高柳！　起きろ！　せっかく特訓してやったのに、救助大会を棄権するつもりか！」

下から呼びかけていると、永井も駆け寄ってきて加勢した。

「おいっ、このクソボケッ！　いったいどんだけおれらに心配かけりゃ、気が済むんだっ！　おまえ、おれのこと、犯人だって疑ってたろっ！　違うとはいわせねえからな！」

言葉は汚いし、いっている内容はまったく意味不明だが、思いの強さだけはひしひしと伝わってくる。

「この借りは、しっかり返してもらうからなっ。だから、起きろ！　おいこらっ、起きろっ、起きろっ……頼むから、起きてくれよおっ」

最後には懇願口調になっていた。涙で声が萎んでいく。

小野瀬が永井に代わってふたたび呼びかけようとしたところで、蘭の目がうっすらと開いたように見えた。首に力の入った様子から見ても、意識が戻ったのは間違いない。

「高柳！　早くバスケットに移れ！」

今度は永井と二人で、懸命にバスケットを指差す。

半開きだった瞼が、はっきりと開く。泳いでいた視線が定まり、小野瀬を認めた。

しかし状況を理解できていないらしい。口を開けて、ぽかんとしている。

「バスケットだ！　バスケット！　ボンクラッ、早くしろっ」

永井の怒声で、ようやく我に返ったようだった。あたふたと顔と手を動かし始める。

しかし次の瞬間、「危なっ……」小野瀬は永井を突き飛ばした。ボートが落下してくるのが見えたからだ。自らも地面を蹴って、飛び退く。

背後に炸裂音が響いた。

終わった──。

地面に伏せ、頭を手で覆いながら、小野瀬はぎゅっと目を閉じた。

ワイヤーにかけたカラビナは、ボートに引っかかって蘭の身体を支えていた。そのボートが落ちたのだから、蘭も一緒に転落したに違いなかった。

全身ががたがたと震え始める。自分はなんて仕事をしてるんだ。恐怖が喉までこみ上げた。立ち上がることも、顔を上げることも、目を開けることさえ、怖かった。

「高柳！」

永井の声が聞こえて、瞼を開けた。煉瓦舗装された目の前の地面にまで、背後で砕けて飛び散ったボートの破片が散乱している。

おそらく、高柳も……。

暗い結末から目を逸らすように顔を伏せた。

ふたたび、永井の声がする。

「高柳、頑張れ！　手を離すんじゃねえぞ！」

小野瀬は弾かれたように顔を上げた。展望デッキのどよめく群集からは悲鳴も聞こえるが、どの視線も下を向いてはいない。救命ボートの吊り下げられていた場所に、固定されたままだ。

振り返り、はしごの伸びた先を見上げた。

上空では、ウィンチから切れ残ったワイヤーを、蘭が両手で摑んでいた。

25

ずるずると手の中でワイヤーが滑る。

蘭は小さく手を回転させ、右の手の平にワイヤーを巻きつけた。

危うく救命ボートもろとも落下するところだった。

意識が戻った当初は、朦朧《もうろう》としていた。地上から小野瀬と永井が叫んでいるのに気づいて、次第に自分の置かれた状況を思い出した。はっきりと記憶が甦ったそのとき、ワイヤーが切れ、カラビナが救命ボートの支えを失った。とっさに手を伸ばし、残ったワイヤーを摑んだ。もしも摑んだ部分が、ワイヤーの切れた位置よりも下だったらと思うと、ぞっとする。どうやら片方の支えを失って客船の船体に叩きつけられた際に、残ったほうのワイヤーにも傷がついたらしい。ウィンチ側の根元部分から切れなかったのが、不幸中の幸いだ。

とはいえ、絶体絶命の窮地に変わりはない。

両手でワイヤーを握り締める。歯を食いしばると、鉄の味が広がった。口の中を切ったらしい。

いつまでもここにぶら下がってはいられない。上を見ると、炎は完全にウィンチを変形させている。ワイヤーをしっかりホールドしているのに、身体が少しずつ落ちていく。

背後から要救助者たちの声がした。外国語な上、早口でまくし立てているので、なにをいっているのかまったく理解できない。地上からも、小野瀬や永井たちがなにごとか叫んでいた。こちらは遠すぎて聞き取れなかった。ただ、自分を励ましてくれているのはわかる。

蘭は身体をひねり、左手をワイヤーから離した。

手を伸ばしてみるが、バスケットの柵にはわずかに届かない。ぎりぎりとロープの軋む、嫌な音が加速しただけだ。

今度は腰から垂れた命綱を手繰り寄せ、カラビナを手の中に握った。客船の船体側面に足をつき、精一杯に身体を伸ばしてみたが、まだ届かない。

時間がない……一か八かだ——。

蘭は船体側面に足をついたまま、膝を曲げた。左手の中で、カラビナを開いた状態に保つ。

肩で息をしながらバスケットを見つめ、精神を研ぎ澄ませた。

チャンスはおそらく一度きり。焼け細ったワイヤーは、それ以上の機会を与えてはくれないだろう。痙攣する右腕の筋肉も、もはや限界に近い。

カラビナを握ったまま左手の甲で口もとを擦ると、ぱらぱらと血の塊が剝がれ落ちた。その行方は追わない。ただ前だけを見て、呼吸を整える。

私は死なない、私は死なない、私は死なない。ひたすら心で繰り返した。

ふいに熱風が舞い上がり、長いまつ毛を跳ね上げた。ターミナルに吹き荒れる風が、船体側面を駆け上がって上昇気流になったようだ。

その一瞬に、蘭はわずかな勝機を見出した。

今だ……今しか、ない——。

船体を思い切り蹴って横向きにジャンプし、バスケットの柵に左手を伸ばす。

頭上で甲高い音がした。ついにワイヤーが焼き切れたようだ。

ふわりと身体が宙に浮く。

眼前に迫っていた要救助者たちの顔が上のほうに流れる。

お願いっ――。

指先が虚空をかき、足が宙を蹴る。

お願いだからっ――。

落下する感覚の中で、蘭はぎゅっと目を閉じ、奥歯に力をこめた。

お願いお願いお願いお願いっ――。

限界まで左手を伸ばしていると、脳の奥に直接響くような金属のぶつかる音がした。

駄目か――。

諦めがよぎるのと、身体に命綱が食い込んで、呼吸が止まるのは同時だった。

「いっ――」

蘭は中空に留まり、全身を波打たせていた。目を開くと、逆さまの世界が広がる。

狙い通り、カラビナがバスケットの柵にかかってくれたらしい。

「たあっ……」

顔を歪めたのは、舌を噛んでしまったからだ。しかしすぐに笑顔になった。誰一人死なせることなく、生還できることを確信できたからだった。

腹筋を縮め、首を持ち上げて命綱を手繰る。かつてあれほど遠かった七〇センチは、いまやわずか七〇センチだ。力強く命綱を引き寄せ、するすると登る。

バスケットに乗り込むと、蘭はマイクに向かって高らかに宣言した。

「要救助者救助完了、バスケット搭乗完了！」

その瞬間、地上から仲間たちの喝采が聞こえた。

「これより地上に降ろします」

「了解！　よくやったぞ、お嬢ちゃん……本当に、よくやった」

通信に乗った鵜久森の音声は、感極まって震えている。

「まだ救助は終わっていませんよ。しっかりしてください」

「ああ、わかってる……指示を、頼む」

鼻を啜る音が聞こえた。

「左に二メートル、旋回してください」

「あいよ、了解！」

バスケットがゆっくりと降下を始める。待ち受ける浜方隊の仲間たちの顔が、はっきりと見えるようになる。

「タラップ解放、救出完了」

要救助者たちのもとに、待ち受けていた救急隊が駆け寄ってきた。

火傷を負った男が、ストレッチャーに乗せられ、救急車に運ばれていく。

救助したラテン系の男に泣きながら抱きつかれ、頬にキスをされた。最初は笑顔で応じていたが、調子に乗って唇を奪おうとしたので、思い切り手で顔を押して拒否する。

タラップを降りると、今度はアジア系の男に握手を求められた。しっかりと手を握り返し、男の袖をぎゅっと掴んでいる金髪の少女の頭を撫でてから、ばいばいと手を振った。

そして浜方隊の仲間たちのもとへ戻ろうと身体をひねった。

と同時に、蘭は首をかしげていた。

五十嵐、鵜久森、永井、小野瀬が、横一列に並んでいた。なぜか涙で顔をくしゃくしゃにする永井が、甲子園で敗れた高校球児のようだ。

なにごとかと隊員たちの顔を見回していると、思いがけないことが起こった。

「湊消防署浜方消防出張所、警防係消防ポンプ隊一課、高柳蘭消防士に、かしらー中《なか》っ！」

五十嵐の掛け声を合図に、そのほかの隊員がいっせいに蘭のほうへと顔を向ける。

毎朝の引き継ぎ交代時に、出張所長にたいして行なう注目の敬礼だった。

一瞬戸惑ったものの、蘭はすぐに表情を引き締めて敬礼を返した。

「高柳蘭消防士、無事に救助活動を終え、ただいま帰還しましたっ！」

未曾有の船舶火災となった横浜港大さん橋国際客船ターミナル『宝来号』火災は消防士たちの決死の活躍により、奇跡的に一人の死者もなく、二十三時間後に完全鎮火宣言が出されることとなった。

26

「高柳——」

ふいに背後から声がして、蘭はぎくりと身体を波打たせた。

振り返ると、活動服姿の五十嵐が立っている。顔のあちこちが、まだ黒く汚れていた。シャワーの順番は年功序列だが、部下に先を譲ったらしい。

「点検か」

「はい、そうです」

蘭はシャワーの順番待ちをする間、ガレージで資機材を点検していた。

姿勢を正して五十嵐に向き合いながら、蘭は不思議な思いに囚《とら》われた。いつものように違和感を覚えないという違和感。五十嵐のまとう空気がどことなく和らいでいるようなのは、長時間火災と格闘した疲労のせいだろうか。

「どうだ、異状は」

「ありません。大丈夫です」

あれ以来、空気呼吸器はもちろん、すべての資機材にも個人装備にも、異状は見当たらなかった。

誰に憎まれているのかは、わからない。だが、少なくとも、犯人が二課の人間でないことだけは確信があった。個人的な好悪は間違いなく存在する。しかし二課には、本物の消防士しかいない。人の命を救うために命を賭ける男たちだ。だから信じられる。自分の命を、預けられる。

「そうか。わかった」

顎を引く五十嵐の頬がかすかに緩む。見間違いでなければ、それは微笑だ。

「今日は……よくやった」

「ありがとうございます」

思わず笑みがこぼれた。現場に配属になって以来、面と向かって五十嵐に褒められたのは、初めてのことだ。しかし白い歯を覗かせた蘭の唇は、すぐに口角を落とした。

「危ない目に、遭わせてしまったな。申し訳ない」

五十嵐がそう呟いたからだ。褒められたのも初めてなら、謝られたのも初めてだった。

「謝らないでください。隊長の判断は正しかったと、私は思っています。要救を救うことができたんですから」

「結果的にはな。下手したら要救はおろか、おまえまで死ぬことになった。小野瀬や永井のことも、危険に晒した」

「それはそうですが……でも、消防士である以上、その可能性がなくなることはないと覚悟しています。死にたいとも、死んでもかまわないとも、思いません。正直なところ、死ぬのは怖くて怖くてしょうがない」

ふいに、炎上家屋に進入する父と五十嵐の映像が、脳裏をかすめた。父も同じ気持ちだったのだろうか。逃げ出したくなるほどの恐怖を圧して、火災に立ち向かっていたのだろうか。

「でも、誰かが危険を冒さなきゃ、救えない命があるから」

蘭は決然と告げた。

「その誰かに、おまえがなるというのか」

五十嵐はふっと息を漏らす。

「蛙《かえる》の子は蛙……か。やはりおまえは、暁さんの子だな」

今度は間違いなく微笑んでいる。

ずっと抱えてきた疑問をぶつけるなら、今しかない。蘭は思い切って訊いた。

「聞かせてもらえませんか……父のこと、父が……死んだ日のこと」

五十嵐の瞳から、光が消える。遠い過去を手繰る眼差しが、ゆっくりと落ちた。

「わかった……おれもずっと、話さなきゃならないと思っていたんだ」

分厚い胸板を上下させてから吐く息は、こころなしか震えていた。

決意をたしかめるような沈黙の後、五十嵐が口を開く。

「暁さんは……おれのせいで死んだ」

衝撃が全身を貫いた。

蘭を見据える五十嵐は、罰を甘んじて受けようとする殉教者の表情だ。

「あの日、おれたちは二階建ての炎上家屋に進入して、一階部分の人命検索を開始した。筒先は暁さん、補助がおれだ。現場はゴミ屋敷で、天井に頭がつきそうな状態だった。燃え種だらけで、足もとにもなにが埋まっているかわからない、危険な現場だ。本来なら、より慎重に活動すべき状況だった」

当時の恐怖が鮮明に甦り、蘭の肌を粟《あわ》立たせる。

「だがおれには、慎重であることの重要性が、まったく理解できていなかった。死を恐れないことこそ勇敢だと思い、要救のために命を投げ出そうとする自分に酔っていた。慎重に行動する暁さんを、臆病だとどこかで見下してもいた。だから、ゴミの山から飛び出した腕を見つけたときも、暁さんに報告する前に駆け出していた。呼び止められたのは知っていたが、あえて無視した」

蘭はすべてを悟った。ちょうど荒川の筒先補助として進入した現場でも、同じようなことがあったからだ。

自分が五十嵐と同じ立場でも、同じ過ちを犯したのかもしれない。そんな自分に、五十嵐を責める資格があるのだろうか。

五十嵐は沈痛な面持ちでかぶりを振り、唇を嚙む。

「おれには要救しか……いや、要救すら、見えていなかった。自分のことだけだった。そんなおれを突き飛ばし、暁さんは燃え落ちた梁の下敷きになった。本当は、おれが現場から暁さんを救い出したんじゃない。おれが……救われたんだ。おれはとんだ間抜け野郎だった。焼け跡からマルヨンが運び出された場所は、二階だった。一階部分から発見されたのは、焦げたマネキン人形だ。おれが救おうとしたのは……要救ですらなかったんだ」

ぎゅっと目を閉じたのは、涙を堪えたからだろう。しばらく頰を痙攣させた後で開いた眼は、白目の部分が充血していた。

「おれは暁さんの死で、ようやく考え違いに気づいた。死ぬのが怖くないやつに、人なんて救えない。自分の命を大事にすることが、仲間や、要救の命を守ることに繫がるんだってな。あの人こそ、本物の消防士だったんだ」

そこで五十嵐はポケットを探り、なにかを握り締めたこぶしを差し出した。受け取ってみると、それは紫色の布地に『厄除祈願』と刺繍されたお守り袋だった。

「これは……」

「暁さんが息を引き取る直前に、救急車の中で渡されたものだ。消防士辞めるな、おまえが悪くないとはいわない、もしも責任を感じたのなら、それを引き受けて、次の要救を救え……それが、あの人の最期の言葉だった……中を見てみろ」

お守り袋を開けてみると、証明写真サイズに切り取られた小さな写真が入っていた。活動服と安全帽を身につけた、小学校四年生の蘭。蘭の自宅の部屋にあるのと同じものを、バストアップで切り抜いたものらしい。

「お父さん……」

時間を越えて父の想いが伝わり、感情が堰《せき》を切って溢れ出した。

「暁さんはいつもいっていた。困ったことに、あいつはたぶん消防士になっちまうってな。焼け跡に咲くファイヤーウィードみたいにどんな逆境でも乗り越えちまうから、おれが反対しても聞かないだろうって……」

父は信じてくれていた。娘が消防士になると、ずっと信じてくれていた。蘭はお守り袋を胸に抱き締めて泣いた。

震える肩に、五十嵐がそっと手を置く。

「すまなかった……暁さんは死の直前、おれにおまえを託した。実際におまえと仕事をするようになってみて、とんでもない責任を背負わされたと気づいた。なにしろおれの判断ミス一つで、おれのせいで死んだ消防士の、その娘をも死なせてしまうことになる。最初におまえのパックの残圧が落ちていたとき、あらためてそのことを実感して、おれは怖くなった……何度もおまえのパックを点検してみたが、恐怖は消えなかった。だから、できる限り危険から遠ざけようとした」

つまり本牧原アパート火災の現場で蘭に内部進入を命じなかったのは、五十嵐の迷いの表われだったということか。

「だが結局は、いざ要救を目の前にすると、行けと命じてしまう。要救と部下の命を秤《はかり》にかけて、要救を選んでしまう。今日の現場で、そのことを痛感した。全部が終わった後で、暁さんに申し訳ないなんて思うんだから、おれはあのときから、ちっとも成長できていないのかもしれない。おれはな、そんな自分が……怖いんだ」

「私は……隊長を、許しませんから……絶対に」

「わかってる」

五十嵐は悲しげに目を伏せた。が、すぐに視線を上げた。

「私を……私を、一人前の消防士に育ててくれるまでは」

蘭がそう告げたからだった。

蘭は涙に濡れた瞳で、五十嵐を見つめた。五十嵐の大きく開いた目の中で、感情が揺れている。それは蘭の知る十年前の、かつてのはにかんだ笑顔が印象的な、おとなしい青年の顔だった。

「高柳……」

「亡くなっていく人の悲しみを引き受けるのが、消防士です……だから……だから隊長がお父さんの悲しみを、引き受けてください。たくさんの人の悲しみを、引き受け続けてください……私に……隊長の代わりができるようになるまで。だってそれが……だってそれがきっと――」

父は五十嵐のせいで死んだ。五十嵐を守るために、死んだ。憎いとか憎くないとか、誰に責任があるとか、誰が悪いとか、そういう問題じゃない。

父は最期まで――骨の髄まで消防士だった……それだけの話だ。

「お父さんの、願いだから」

いい終えると、蘭は両手で顔を覆った。涙がとめどなく溢れてくる。父には生きていてほしかった。だが、何度同じ場面に遭遇しても、父は同じ行動をとるだろうと思った。死に怯えながらも、目の前の要救助者を救うために命をなげうってしまうと思った。

英雄になんて、なってほしくなかった。ただ無事に帰ってきてくれれば、それでよかった。もっと一緒にいたかった。ずっとそばで、見守っていてほしかった。

馬鹿だよ……お父さんは、本当に馬鹿——。

そんな父のことが、蘭はやはり大好きだった。

27

救助技術大会当日——。

戸塚区深谷《ふかや》にある横浜市消防訓練センターは、市内各署所から集まった消防士たちの熱気でむせかえるようだった。全身から気合いを発散させる者、緊張に顔を強張らせる者、逆におどけてみせることで緊張をほぐそうとする者、競技に臨む選手の表情はさまざまだ。

センターの周囲を軽くジョギングして身体をほぐした蘭は、上半身のストレッチをしながらグラウンドに向かっていた。

「蘭！」美樹が手を振りながら、駆け寄ってくる。

「美樹、来てくれたんだ」

蘭は立ち止まり、美樹と手を取り合った。

「当たり前じゃん。蘭が男どもを蹴散らすところ、しっかり見とくからね」

「ありがとう」

「それにしても蘭、大変だったね……原さんのこと」

「う、うん……」

出張所のガレージに侵入し、蘭の空気呼吸器から空気を抜いていたのは翔子だった。日勤の翔子は、いつでも深夜の出張所に忍び込むことができた。装備の扱いについても、消防学校で学んでいる。ガレージで空気呼吸器のバルブを緩め、ふたたびバルブを締めて立ち去るまで、数分もあればじゅうぶんだ。

「でもなんで、原さんは蘭に嫌がらせしたんだろうね……そんな嫌うほど、付き合いがあったわけでもないじゃんねえ」

首をかしげる美樹を、蘭は苦笑でやり過ごした。

翔子の犯行を暴いたのは、小野瀬だった。

翔子ちゃん、泣かせないようにさ。あんたにはもったいないぐらいの、いい子じゃない――。

蘭の忠告は、小野瀬にとって不可解なものだった。翔子から何度も交際を申し込まれながら、断っていたらしい。

そんな折、小野瀬は『宝来号』火災の現場で、永井の言葉を聞いた。

おまえ、おれのこと、犯人だって疑ってたろっ――。

あのときは、いったいなんのことをいっていたんですかと、帰りの車内で小野瀬は訊いた。そのときに、空気呼吸器事件と脅迫状のことを初めて知った。蘭の奇妙な発言と結びついて、すぐに翔子に行き当たったという。

悪い。どうやらおれの断り方が、まずかったようだ。そういう意味でいったんじゃないんだけどな——。

謝罪とはほど遠い態度でいい放つ小野瀬に、どういう言葉で翔子を振ったのかと、蘭はあえて確認しなかった。

翔子は現在謹慎処分中だが、おそらくそのまま消防局を去ることになるだろう。

「とにかく頑張ってよ。応援してるから」

「うん、ありがとう」

「今日はそんなに遅くならないよね？　終わったらケーキバイキング行こうよ」

たぶん美樹は競技観戦よりも、その話を肴《さかな》にケーキをぱくつくことを楽しみにしている。

「わかった」

言質《げんち》をとった美樹は「じゃあね」と満足げに去っていく。

その後グラウンドに戻って競技の開始を待っていると、「高柳！」今度は永井の声がした。

振り返ってみると、永井だけではない、五十嵐、荒川、鵜久森、江草、照屋と、浜方消防隊二課全員がいた。救助技術大会は一課、二課、それぞれの非番日で二日間に分けて行なわれる。全員で応援に駆けつけたらしい。

「おめえポカやらかすんじゃねえぞ！　浜方の看板背負ってるんだからな」

永井が力強くこぶしを掲げる。

「大丈夫だ。おまえと違って、高柳はとっくに基準タイムクリアしてっからな」

荒川に痛いところを突かれたとたんに、永井はしゅんとなった。

小野瀬のお節介もあって、ためしに背筋の強化に重点を置いてみると、たしかに驚くほどタイムが伸びた。

なにを補えば、あいつと対等に勝負できるようになるのか――。

五十嵐の言葉は、つまりそういう意味だったらしい。なにもそんなまわりくどい言い方をしなくてもと思うが、正しい助言だったのは間違いない。

「とにかく頑張れよ、お嬢ちゃん」

鵜久森は孫娘の成長に喜ぶ祖父の顔だ。

「みなさん、わざわざありがとうございます」

「なに水臭いこといってんだ。おれたちは仲間じゃねえか、二課は家族だ」

照れ笑いの荒川を、永井がひやかす。

「家族ってんなら、荒川さんが親父っつうことっすか」

「馬鹿いうな。親父は隊長に決まってんだろ」

「じゃあ荒川さんは、おふくろっつうことっすか」

荒川が永井を捕まえて、ヘッドロックした。

集合のアナウンスが聞こえる。

蘭が訓練塔のほうに歩き出そうとすると、「高柳」五十嵐に呼び止められた。

「暁さんのベストタイムは、一四秒三三。神奈川県大会優勝だ」

平坦な声音で、無表情に告げてくる。

素直に「頑張れ」といえばいいのにと苦笑しながら、蘭は胸ポケットのお守り袋を握り締めた。

エピローグ

「点検！」

命綱を結って輪を作り、コイル巻きもやい結びでカラビナに括りつけた。命綱の長さは、腰から垂らしてカラビナが地面に少し寝るぐらいが目安だ。

「カラビナよし！」

カラビナの安全環を回し、途中で開かないようにしっかりとロックする。

「安全環よし！」

足場から延びたロープを跨ぎ、前方を見据えた。さすがに普段の訓練と違い、本番のロープの位置は高い。訓練センターの訓練塔を渡るのは、初任科を終えて以来だ。万が一の場合に備えて安全ネットが張られてはいるが、それでも下を見ると軽く目が眩む。

「蘭！　頑張れ！」

観覧席から声援を送るのは美樹だろうか。

いや、違う。もっと歳を重ねた声は……母だ。呼んでもいないのに、どういう風の吹き回しだろうか。

「蘭！　頑張って！」

今度こそ本当に美樹の声が聞こえた。

「高柳！　ファイト！」

二課の先輩たちが、野太い声を合わせている。

蘭はいったんグラウンドを見渡して声援を吸収すると、目を閉じて深呼吸をし、前方を見つめた。そしてカラビナを返す。

「返しよし！」

腰を低くしてロープを摑み、神経を鋭く研ぎ澄ます。視界が急激に狭くなり、目の前にはロープと、その先の足場しか見えなくなる。

ロープブリッジ渡過競技では、四人が同時にスタートする。左隣では小野瀬がスタンバイしているはずだが、すでに蘭の世界からは消えていた。

翔子が嫌がらせしてきた理由を悟ったときには、今度からどういう顔をして接すればいいのか、ひそかに悩んだが、小野瀬は拍子抜けするほど変わらなかった。

「おれのお陰で、少しはマシなタイムが出るようになったろう。感謝しろ。ただしおれに勝とうなんて、無謀な考えは捨てろ。落ち込む結果になるだけだ」

スタートの順番待ちに並んでいるときにも、上から目線で憎まれ口を叩かれた。むっとして睨み返しながらも、それでこそ小野瀬だと安堵した。

今は対等に戦える段階ではないが、まだまだタイムは伸びている。いずれは小野瀬に追いつき、追い越すつもりだ。変に馴れ合うつもりはない。

そもそも私には、男にうつつを抜かしている暇なんてない。

お父さんを越える消防士になるという、明確な目標ができたから――。

惰性でも、たんなる憧れの延長でもない。蘭ははっきりと、父の背中を追い始めていた。

お父さんのような消防士になるんじゃない。

お父さんを……越えるんだ――。

「準備よし！」

四人の選手がスタート位置につき、会場が水を打ったように静まり返る。

号砲が響き渡り、蘭はロープを手繰った。背筋に力を込め、大きく身体を仰《の》け反《ぞ》らせた姿勢を保ちながらロープを滑る。

蘭、お父さんだよ、わかるか――父の声が聞こえる。父の笑顔が浮かぶ。父は活動服に身を包み、すすだらけの顔で、膝に手を置いて身を屈めている。

蘭、咲け、蘭――。

お父さん、私、消防士になったよ。

焼け野原を薄桃色に染めるファイヤーウィードのように――。

わかってる、なにがあっても絶対に負けない、だから、見守ってて。

たくましく芽吹いて希望の花を咲かせろ――。

ありがとう、十三年しか一緒に過ごせなかったけど、ありがとう。

私は全部引き受ける。お父さんの死も、お父さんを死なせてしまったという隊長の後悔も、火災で亡くなってしまった人の無念や、残された遺族の悲しみも、全部ぜんぶ引き受けて、強くなる。必ず一人前の消防士になる。

だって私は、お父さんの子だから――。

蘭はこの世に生を受けた日と同じように、父に微笑みかけた。

この物語はフィクションです。もし同一の名称があった場合も、
実在する人物、団体等とは一切関係ありません。

本書は2013年6月に小社より刊行した宝島社文庫『消防女子‼ 女性消防士・高柳蘭の誕生』を加筆修正し、改題したものです。

宝島社
文庫

YOKOHAMA 119　要救助者1623名

（よこはま ひゃくじゅうきゅう　ようきゅうじょしゃせんろっぴゃくにじゅうさんめい）

2025年3月19日　第1刷発行

著　者　佐藤青南
発行人　関川誠
発行所　株式会社 宝島社
〒102-8388　東京都千代田区一番町25番地
電話：営業 03(3234)4621／編集 03(3239)0599
https://tkj.jp
印刷・製本　中央精版印刷株式会社

Printed in Japan
First published 2012 by Takarajimasha, Inc.
ISBN 978-4-299-06607-7

ティータイムのお供にしたい25作品
3分で読める！
ティータイムに読む
おやつの物語
宝島社文庫
Snack stories to read in a teatime
『このミステリーがすごい！』編集部 編
ほっこり泣ける物語から
ちょっと怖いミステリーまで
おやつにまつわるショート・ストーリー
一色さゆり
井上ねこ
海堂尊
伽古屋圭市
梶永正史
柏てん
喜多南
黒崎リク
咲乃月音
佐藤青南
城山真一
新川帆立
蝉川夏哉
高橋由太
辻堂ゆめ
塔山郁
友井羊
南原詠
林由美子
柊サナカ
降田天
森川楓子
八木圭一
柳瀬みちる
山本巧次
定価 770円（税込）
イラスト／植田まほ子
宝島社
お求めは書店で。
宝島社
検索

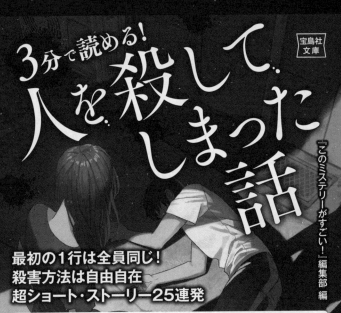